棄之核

林餘佐

耽溺是一種惡習。

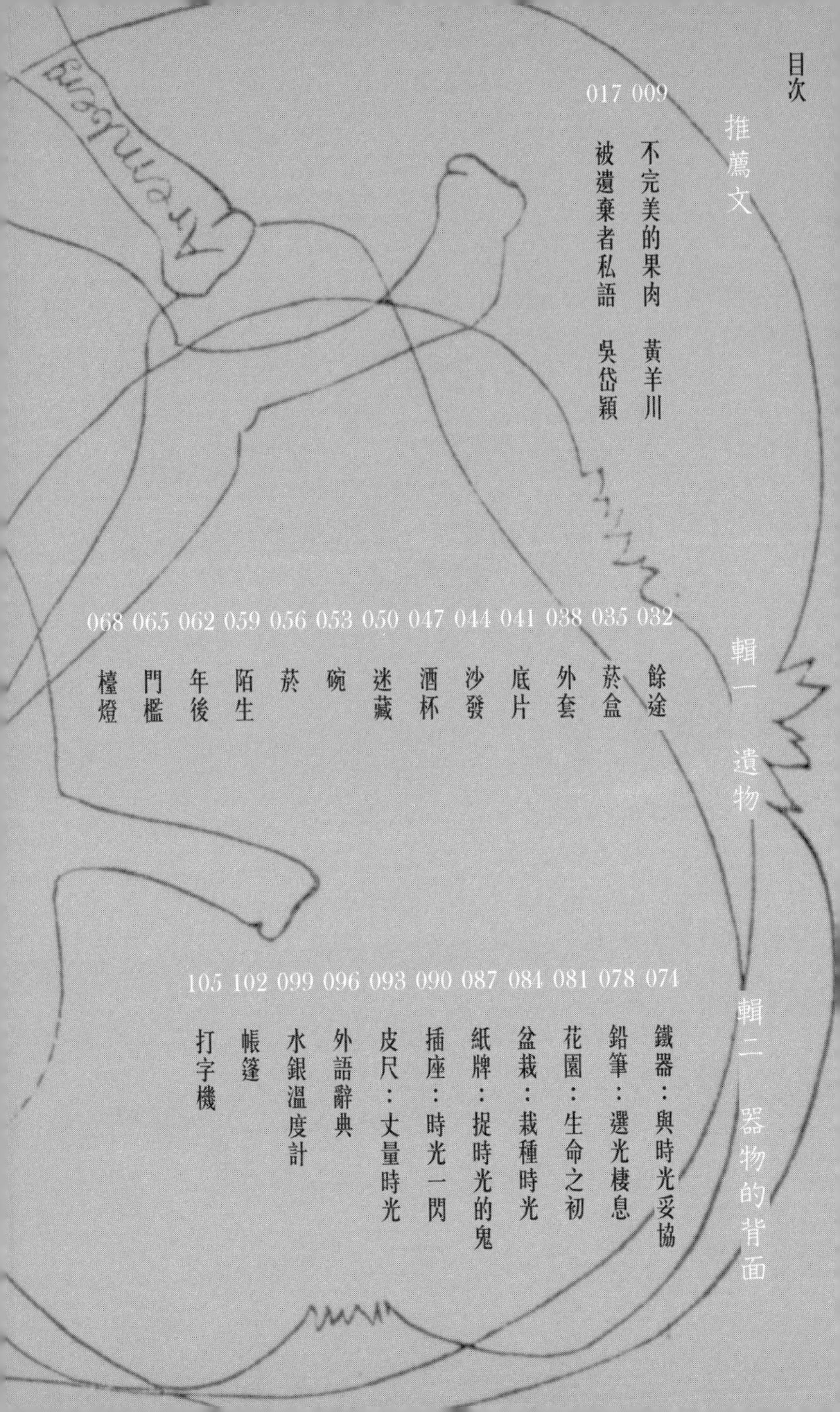

目次

推薦文

009 不完美的果肉 黃羊川
017 被遺棄者私語 吳岱穎

輯一 遺物

032 餘途
035 菸盒
038 外套
041 底片
044 沙發
047 酒杯
050 迷藏
053 碗
056 菸
059 陌生
062 年後
065 門檻
068 檯燈

輯二 器物的背面

074 鐵器：與時光妥協
078 鉛筆：還光棲息
081 花園：生命之初
084 盆栽：栽種時光
087 紙牌：捉時光的鬼
090 插座：時光一閃
093 皮尺：丈量時光
096 外語辭典
099 水銀溫度計
102 帳篷
105 打字機

輯三 廢墟

110 離城
113 閃失——記某舊大樓
116 明亮的日子
119 海水變奏
121 寫在山裡
124 十三層製鍊場
127 汙水處理場
130 主題樂園
133 火山遺址
136 病院
139 捕鯨場
142 荒屋
145 冷鍋
148 包廂

輯四 小事

158 凝神：造愛的瞬間
162 小事
165 名字
167 空景——致周夢蝶
170 草本體質
172 天色
後記 棄之核 175

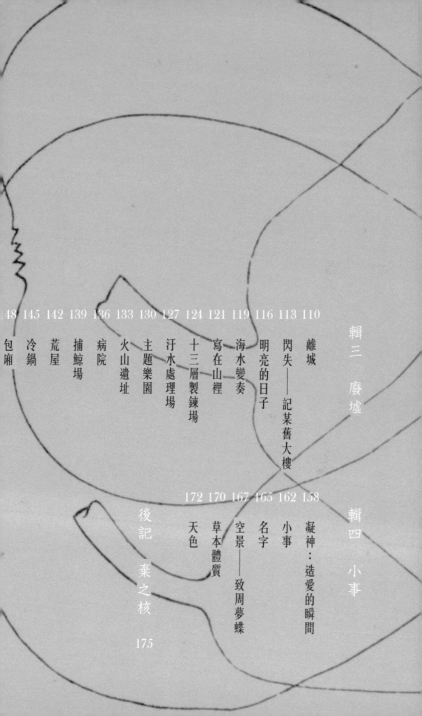

推薦文

不完美的果肉

黃羊川

1

閱讀之始，總不自覺嘗試連結作者本人與書中所寫之人事物，總忍不住探問作者眼下的作品與過往的作品之間的連結，這是一種惡習，無法相信作者已死，也無法相信自己身為讀者的創造力。

寫了一遍又與友人討論了幾遍，草稿打了，但定稿卻缺乏一種生活的方式，反倒像是一種評論的例行公式；於是我決定重新閱讀，重新思考，而或許我不可能完全忘掉先前的討論與書寫過的文字，但我決定先將那堆字擺在一旁，重新看待耽溺，重新看待惡習，重新思考整體，重新思考究竟作者的創作為何，反省自己怎麼會以為詩要提出答案呢。

耽溺無非是一種面對自己也面向自己的方式。這其中當然包含了巨大的自戀，卻又同時牽涉對己身極度缺乏信心的一面，而後者經常遭壓抑或遮掩，兩者便成了矛盾卻共生的纏繞；對作者而言，耽溺為何是一種惡習呢？

2

缺失的填補是經由滿足，而「擁有」的狀態或許再也沒有比「擁有物質」一事是更直接、更淺顯的滿足了，而且物質又同時具有自我保護的功能、同時帶著文化符碼的作用、同時可以但不一定是某種心靈或抽象意義的贗品；再者，物質會消亡、變化、可觸、擁有……物質的多義性成就了各種可能，因而物質的擁有更能讓耽溺者滿足。

「物質形象」是一種不斷成形又不斷遭拋棄的貧乏想像，而詩人正是撿拾此些「物質形象」的貧乏想像鑄造出超出自己想像的房子；詩人探尋的是「物質形象」背後的根源／核心／本質，甚或是精心比對的「意義」與無意識體現的「意義或無意義」。

因著「物質形象」揉捏出的「完美意象」成了詩人最大的滿足。

而作者所寫的詩歌也是一種物質嗎？棄之核的「核」或其根源／核心／本質究竟為何呢？是可以一語道破還是得需細細品味呢？

在作者清晰的理性布置背後、有意識的美學選擇之外，我總是引頸期盼他的失誤，他於夢似幻或無意識藏於字裡行間，不小心溢漏的假想或體驗；或許正是失誤重演了核之脆核之弱核之精密卻由不完美的果肉包覆。

進到作品依序編排的主題裡，論及「棄」，必涉及物體／物質，甚或是人，而棄與物／人之間作者又是如何辯證呢？

3

在「遺物」這一輯裡，作者以「遺」作為物的形容詞，遺物因而是「留」而非丟或棄，「留」造就了戀，關於遺物的種種是作者感情的情緒的內心的搖擺的……是為戀物，正因為「失去物」上沾滿了思念的氣味，因此戀失構成思念。

戀物；思戀／念人；物之痕情之殤，記憶附著在故人使用的物品上（物不但在詩句裡，連詩題也精心置放），物品因而有了除卻本身功能存在外的故事，而故事裡不但有作者也有故人……如此昨是今非的遭遇使得每一個物都是一道回憶的聲響，提醒作者自己，一個人，一個人又成為巨大自戀與極度缺乏信心的相互證成。

然而，要說作者是真正耽溺者，似乎難以認同。作者對物的選擇、對意象的營造、對字詞選擇的緩急輕重，無疑是精挑細選的；在往後閱讀時，便更會對「耽溺是一種惡習」，究竟指的是作者自身還是作者對自己的捆綁？

輯二「器物的背面」，作者彷彿去到了另一境地，多數的篇章是著眼於時光的命題，演繹抽象的概念與情感，文字漸趨向華麗，朝巨大的意象發散，即便他選擇了最貼身的「物」；作者極擅經營意象，他透過物質形象本身存在的意義，轉了一手再一手，講述著時光，卻讓時光衍生另一層意義；作者的手法非「觀察」物，而是「演練」了物（的各面）。詩題已明示了生命／時光，詩本身則是思索了生與死的課題，但不是生老病死的憂慮而是抽象意義的生之源、死之滅。

因此，有時我會以為作者對文字的運用是對「物」直覺式的拓撲斯與節制性地消化，而這正與他所標示的時光命題相呼應，正是他深刻理解耽溺是一種惡習後的自我制約？

在輯三「廢墟」，物本身變得巨大，無論是人工的堆或自然的址：廢墟包含了「不要的」、「丟棄的」堆，也包含了「遺存的」、「無法移動只能以忽視將其忘之的」址。本輯詩作似是思索著浩大的時光命題，或許不一定是反思，也不可能是廢物利用的分析，而是思索廢墟裡的物質形象／物體，如何藏匿自身般自然而然地敗壞，如何岔開時光命題的同時又是對時光／生命有著無盡地透迤回應。

此些人工的或自然的造景或地景，在時間一層層地覆蓋下，是作者回覆了自己設定的時光命題，是愈往抽象靠近，便愈貼近親身經歷／個人體驗，是看似穿戴著無塵衣，卻是一套精心設計的雪衫。

在輯四「小事」，可以看出作者一路從小物、大事、大物，再回到小事上，前三輯帶著過去式的追憶，卻在作者的文字下昇華成無時間性的抽象主題，而我以為小事或許會回到「此時此刻」，會回到現在進行式的「現實」，然而，作者卻仍維持著時光命題的抽象性，作者演示了「小事：飲水／名／病／老詩人／姓／天色／造愛」等身邊的小事，卻也直述了生命中某些微小的狀態，我以為這是作者對己身存在的詮釋。

雖然我會說作者仍站在遠處不願讓人靠近，但我也會以為關於小事的揭／露，好似讓時光／生命有了不同的顏色，「小事」一輯讓顏色再度鮮豔己身，像決定將花瓣搗碎成汁液，澆灌自身般。

4

也許是另一個開始，也許是小事正要揭示大事？也許開頭正是一句警語。

黃羊川　想照鏡，卻害怕鏡中的人。著有《血比蜜甜》、《博愛，座不站》、《身體不知道》。

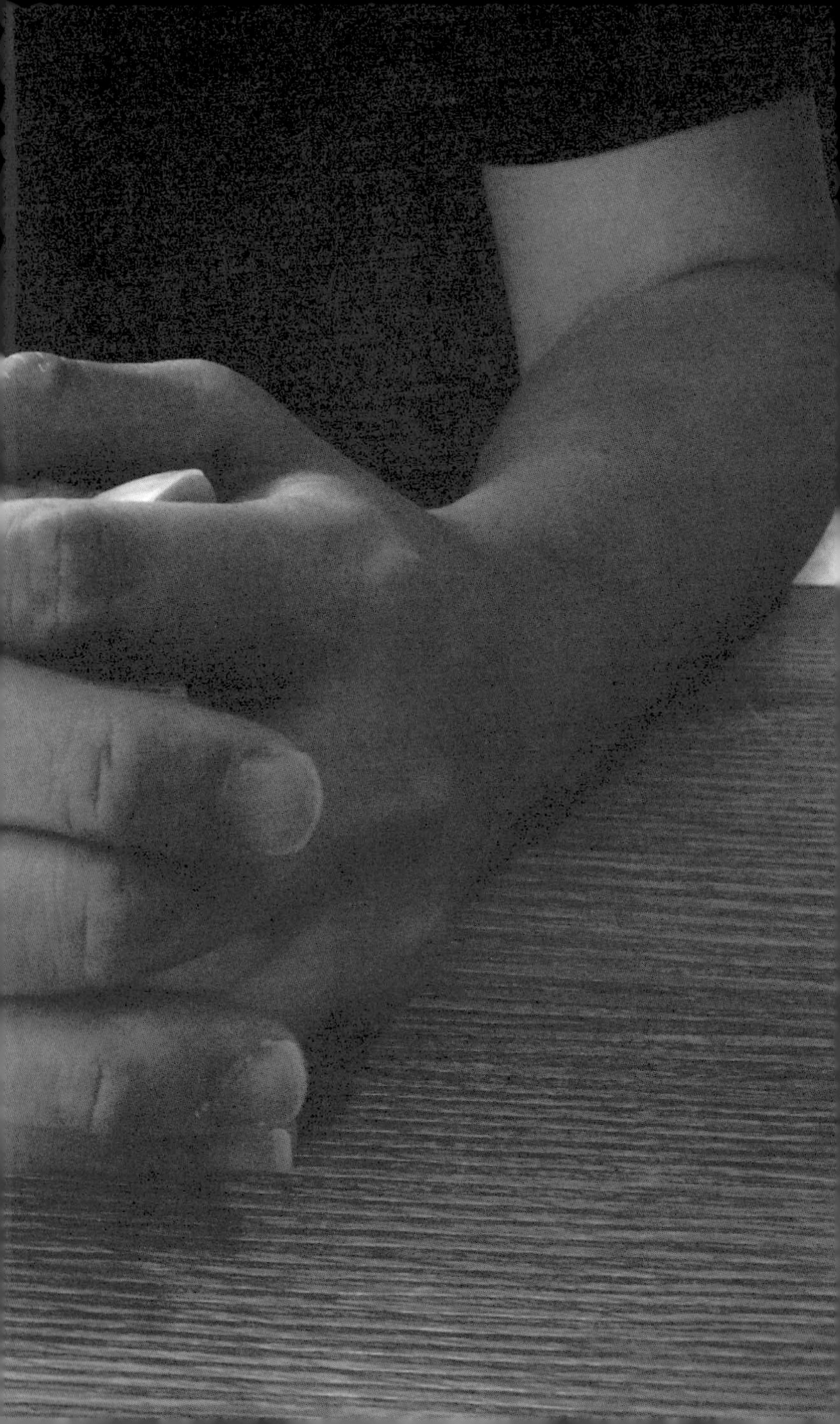

推薦文

被遺棄者私語

吳岱穎

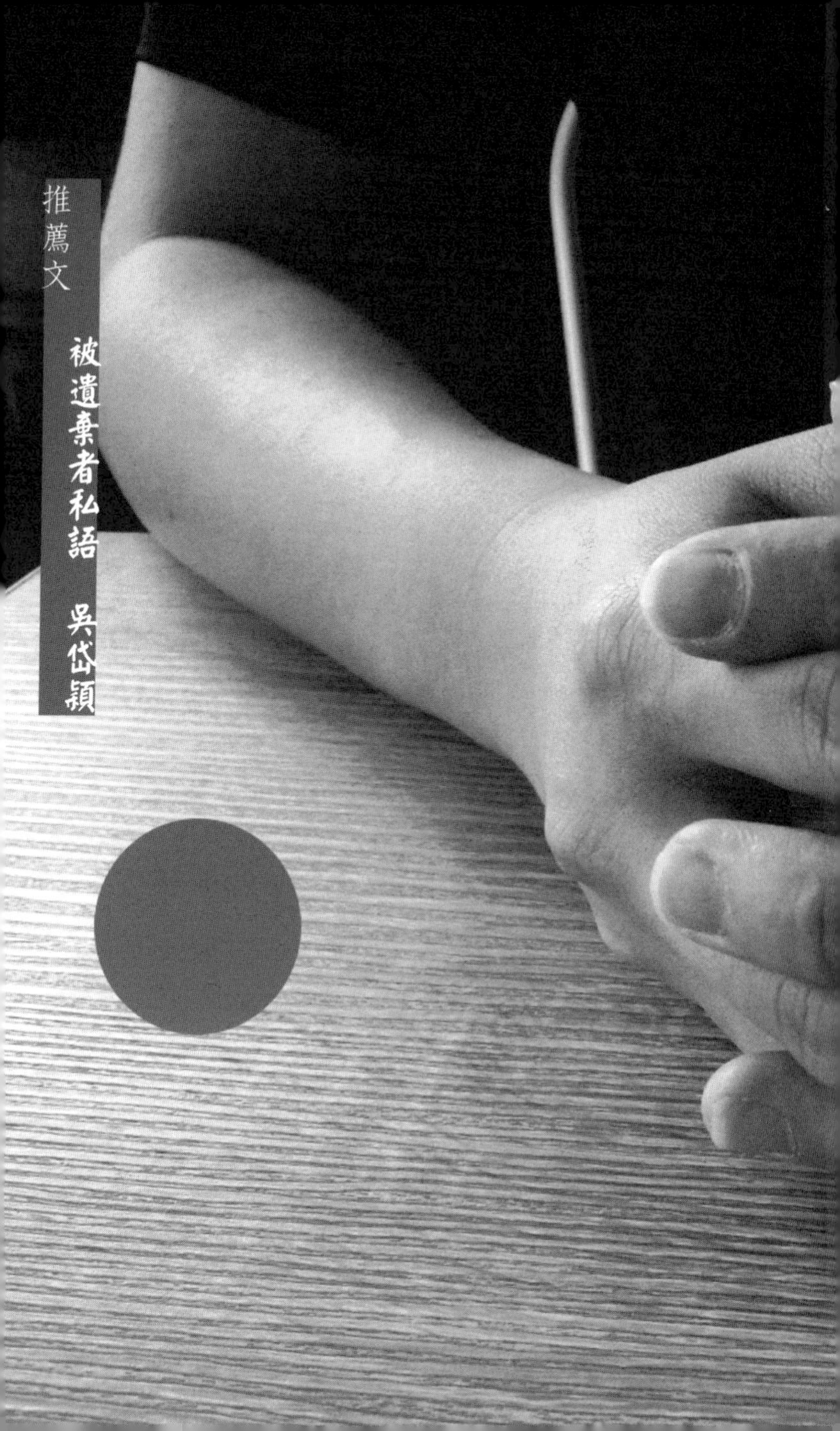

被遺棄者體察到自己與世界之間存在著隔膜，膜裡是我，膜外是他。那些曾因過度貼近而失焦的，難以指認的事物之形狀，於今再也難以隱遁其存在的痕跡。流光星屑，愛恨纏綿，這些偶然的交遇在被遺棄者的眼中憑藉隔閡而坦然，而回返過來映照自身的存在。此中有真意，林餘佐用自己的詩句描摹了它，成就了《棄之核》這本詩集。

我私自以為每一個詩人在某種程度或某種狀態上，都是「被遺棄的」，因為他與世俗之間有著精神本質的不同，無法真正參與到那些環鎖相扣連的事象流程之中，遂被迫成為超越與反思的旁觀者——當眾人歡快狂熱，他天然的必須保有一分冷眼的理智，不可能完全融入人群。這種格格不入（High不起來？）之感，豈非為群眾所棄？又譬如當生活橫逆困頓挫折來，情感劇烈激盪如焚天煮海，他無法久久自溺其中，總還想著必須以詩句摹影留形。此時我是我，我亦非我，豈不是自棄於人間，成為那永恆孤獨的吟遊者，浪蕩世情的異鄉人？——這當然是詩人的原罪，此生不息的薛西佛斯的神話。榮耀源於自苦，神賜亦是詛咒。我想我年輕的同行們對此感受應當甚深，我只能說，任重道遠，加油好嗎。

雖說被遺棄與有所隔乃一體之兩面，但並非完全的密合，其中存在程度上的差異，猶可詳說。第一種是陰陽兩隔，死生契闊，無語問蒼天。死亡讓原本看似完整無缺的世界現出了破爛空洞的真形貌，無物不可疑，因此無物不可議，隱藏在一切事物背後的那「惘惘的陰影」，其輪廓開始變得明晰而界線宛然歷歷，再也不能只是生活的背景了。

《棄之核》的第一輯「遺物」所處理的，便是這類「由失去理解存在」的經驗。開篇第一首〈餘途〉，說的是人從死後入棺到出殯火化的這段過程。在這個階段，失去生命的「身體」物化成「軀殼」，接著便要火化為「虛無」，但我們的情感經驗並不允許自己以「非人」來看待，只說死者有靈，音容宛在，或者更親切更不願接受事實的，說這叫「長眠」，彷彿其後某日某處一覺醒來，又會重新參與到我們的生活之中：

你把雙手放置胸前
讓它們代替你
與世界握手和解

其實死者長眠的姿勢，當然是禮儀師操弄擺布的結果。但林餘佐不這麼說，偏說手置胸前是死者主動的安排，讓缺席與在場產生了混淆與矛盾。這種混淆貫串著整首詩，甚至可以說是貫穿了整本詩集。

在〈沙發〉這首詩裡，無生命的沙發因為承載了那人留下的溫度，居然漸漸就變成了生物，像是安靜無聲的天使。而在〈碗〉這首詩裡，同款式彼此無差別的碗，唯獨「你」用過的不同。器物因被使用而留下印記，更因不再被使用，而令此一印記顯形無隱：

你用過的餐具還在櫃子
很久沒有被人移動
逐漸變成靜物
有陰影從邊緣漫出
像是某種生物的毛
細細的、短短的
碰到時卻感到異常疼痛

死生之間，物與「我」可以相互轉化，代替這個已經離去的「我」向世界演示存在的痕跡。從另一方面來說，那便是「我」在脫離「我們」這個共有的世界之時，所留下的傷口，血痕斑斑，遺惑無窮。

然而這個遺留給我的惑究竟是什麼？它是否有具體的內涵或邏輯結構，可以被我們指認？它有沒有一個概念的核心，可以被語言把捉描繪，從而現形於人前？林餘佐在輯一的最後一首詩〈檯燈〉裡否認了這個可能：

有天你永遠地關上燈
我被留在黑暗裡

然而日子總得要過，生活必須向前。就算夜裡關燈黑暗籠罩所有，時候到了，天一樣會亮。在輯二「器物的背面」裡，林餘佐開始探問自己與世界之間的這種「有所隔」的關係。有趣的是，他變「物化」為「化物」，改為從「物」的角度，思索自己在此一世界中的定位。此時詩思的哲學架構就從「我是誰」這個一般性的倫理學命題，轉變成「我的存在狀態是什麼」這個描述性的存有命題了。

被遺棄與有所隔的第二個層次，其實建立在主客觀之間的裂隙上。這種狀態，大約等同於老子說的：「天地不仁，以萬物為芻狗。」世人但知「我見青山多嫵媚」，卻不知道料青山見我，則未必如是。死生之間，有大恐怖。這恐怖並非如世俗所想的，來自於未知與不可掌握的悽惶之感，而是一種「情」

的斷裂，一種意義與價值的缺損。那是「非我」之境，不屬於人類的寂滅之範疇。

《世說新語》裡面有這樣一個故事：

王戎喪兒萬子，山簡往省之，王悲不自勝。簡曰：「孩抱中物，何至於此？」王曰：「聖人忘情，最下不及情；情之所鍾，正在我輩。」簡服其言，更為之慟。

我以為忘情和不及情，只是同一個真相藉「有我」與「無我」的兩個角度所進行的各自表述，問題是卡在中間的這個「情之所鍾」，正是人間有情的苦痛之源。它似真似假，亦真亦假。說是真的，卻是一種無明我執，因緣生無自性，純是偶然的產物；說是假的，卻又是當下無從否認不可推翻的現實，叫做「凡存在必有理由」。兩邊俱不可拋，只能用特殊的角度逼近，以期讓它自行顯現，否則便是斷滅見，使人心不得安。

對於此事，林餘佐是這麼做的：

清晨醒來，逆著光替植物澆水
看著世上的意義逐漸朗現
此刻所有人的提問都得到解答
某種秩序規範著生命
有如法喜遍布，雨露均霑；
我仍寧願是頑固的業障
在輪迴裡憂傷，像生鏽的容器

——〈鐵器：與時光妥協〉

這是神的花園
我發現自己的生滅
不過是一季花期。
以不同語言
指涉出同一方位

——〈花園：生命之初〉

像星宿定位季節：
就像神以辭典將時光轉譯
在異國的海馬迴裡

——〈外語辭典〉

有時執著，有時選擇不執著，其實是用不同的語言標誌著同一個真相。這個真相，林餘佐說是時光。第二輯中的十一首詩，首首以時光為關鍵詞，環繞著時光這個主題展開。但對我而言，它們談的是生命有盡、有限，隨時可能被抽拔而去的「到時性」，沒有誰能真正進入世界，與世界同在與萬物為一。此一「到時性」抹去了人與人之間的差異，所謂「死亡之前人人平等」，等那一日到來，你我俱是芻狗，都會是被遺棄者。

這是林餘佐創造的，全然無法逍遙的「齊物之論」，語句看似溫柔，其實有著難以盡言的殘酷：

像是把整個宇宙都包圍

好讓神可以優雅地
敲下「死亡」二字
——〈打字機〉

《棄之核》的第三輯「廢墟」，大體延續前兩輯的思路，把範圍更擴大到建物與空間，流露出人去樓空之後的感懷。沒有「物化」，也不再「化物」，純然以一種旁觀者的角度，去看待世界本身的存在。這一輯的十四首詩，主題較為紛雜，思想呈現多樣化的面貌。〈閃失——記某舊大樓〉與〈寫在山裡〉，以抒情的口吻追懷過去的記憶。〈十三層製鍊場〉、〈主題樂園〉、〈病院〉，書寫的是無我存在的城市空間。〈海水變奏〉、〈捕鯨場〉，寫的是更巨大的、神靈遠離之後的所在。〈火山遺址〉是城鎮，〈荒屋〉與〈冷鍋〉分屬不同的家屋空間，〈包廂〉則是特殊的城市景觀，使神轉身不顧保持靜默。〈離城〉寫的是離開的理由：「只為了逃離一座／受盡磨難的城」。從某個角度而言，也可說是這整輯詩作的總領，只是我以為，被遺棄者與世界之間的隔閡，應當還有第三個層次，甚至更高層次的可能，這些恐怕要等林餘佐寫出更多的作品，才能得到進一步的詮釋。至於第四輯「小事」，算是全書尾聲，就不多論了。

最後，我想說的是，這近幾年以來，我極度渴望看到更多「深刻」的詩作，更多願意處理「深沉題材」的作者。少年十五二十時，逞弄機巧，追求靈光一現的驚喜，以眩人耳目，甚或博君一粲，這些都很好。只是「雖小道必有可觀者焉，致遠恐泥」，若只知俗而不知雅，何異乎打油詩？若詩人不再追求藝術境界的高遠超邁，不思索人生深層的幽微玄奧，不放眼舉世萬殊的物我真相，不窮究字句音聲的諸般可能，與俗推移，汨泥揚波，這世界還會剩下什麼？

做一個被遺棄者，做一個與世有隔之人，冷眼人間，便是最大的熱情。這是林餘佐選擇的道路，我期望他能繼續走下去，因為這條路無窮無盡，所志在大，所得便會越大。我祝福我年輕的同行們都能思索這個道理，任重道遠，加油好嗎？

吳岱穎

臺灣省花蓮縣人，師大國文系畢業。曾獲林榮三文學獎新詩首獎、時報文學獎新詩首獎、國軍文藝金像獎小說首獎、教育部文藝創作獎散文首獎，及花蓮文學獎、後山文學獎、全國學生文學獎等。曾獲全國語文競賽中學教師組作文第一名、朗讀第一名。現任教於臺北市立建國中學。著有個人詩集《冬之光》、《明朗》，與凌性傑合著散文《找一個解釋》、《更好的生活》，與孫梓評合編《生活的證據：國民新詩讀本》。

輯一　遺物

餘途

你把雙手放置胸前
讓它們代替你
與世界握手和解
人們的指紋相互覆蓋
像等高線圈出涼軟的山
我猜想從森林回來的人
靈魂都會變得疲憊——
山路搖晃如禱
一拐彎便是灰燼
劫後若還想愛人

只得等上七天

手指感到疲憊時
在床邊敲起一段旋律
聲響自木頭中反彈
像低音迴旋的暗號
但關節僵硬，過於沉重的空白
使有人誤讀山況
在黃昏時提早生火
讓一鍋水交談：生靈與
死者的耳語都成了霧氣。
你以潮濕的口吻對自己說：

此身再無損傷
此後亦無罣礙
眼前只剩一條路。
（起步時你大汗淋漓）

菸盒

菸盒
金屬方盒
側身雕有藤蔓
草本植物
是救贖的捷徑
你常置於胸前口袋
讓它代替心臟
跳動，繞過時間
緩緩跳動：以火、
以煙、以霧的節奏

去重演時光明滅
菸在肺葉燃起火堆

內心的孩童
圍坐四方，彼此傳遞
樹枝上的果子
果核鮮紅如碳
吐在野地
使夜晚溫暖起來
夜的紋理亮起火光
指尖飄出煙霧
視線所及都是菸田
行走在其中

連靈魂都有香氣

夜裡我將時光捲入草中
成為濃度最高的菸
我緩慢地吞吐
直到天亮

外套

送洗好的外套
一直掛在衣櫃裡
透明的袋子將外套
包裹得密不透風
像真空包裝的零食
果肉被風乾
小小的防潮包
提醒我請勿落淚

你的袖口有補釘

小小的破洞
裁縫師用一樣花色的襯布
從內部縫上
你穿著補過的外套生活
沒人發現你受過傷

我也帶著補過的心
過日子，只是在入秋後
特別想念你那件外套
我怕補釘哪天會鬆脫
而你永遠不會知道
口袋裡不再會有發票

咖啡、飯糰、香菸
這些消費構成你的日常
它們都是可以消化的物質
你和它們都是碳水化合物

我學你
買了咖啡、飯糰、香菸
安靜地複習你
安靜地將你消化
讓你成為我的補釘

底片

野地在廣角鏡頭裡
呈現出某種警戒狀態
像是夜行性動物
行走在換日線的邊緣
它觀看著鏡頭
一不注意便偷偷改變
花朵生長的次序
它們彼此掩護
如陷阱般隱密

暗房的燈太亮
藥劑無法浮現記憶
有人矇著眼
用手揉散光影的淤塞
枯木慢慢浮起
像垂死的鯨
巨大的憂傷籠罩水面

時光是巨大的暗房
讓所有的悲傷顯影
神搖晃底片盒
讓細小的針浮現
密密麻麻布滿畫面

刺瞎我的眼

（祢在暗室裡
如刺繡般緩慢、優雅地，
對世界暗示死亡。）

沙發

鐵灰色的布面
裹住彈簧，坐下時
就會發出微微的聲響
我覺得那像是天使的笑聲

沙發還在原處
陪著我生活
我常常撫摸它
感受你留下的溫度
它漸漸變成生物

總不好意思都不理它
我不想它和我一樣寂寞

在關了燈的客廳
它孤單的樣子
讓整個空間都充滿著
沙啞的聲音

讓我想起你的菸嗓
你總可以念出最糾纏的字彙
像是：哀悼、徘徊
字彙被你從角落喊出
像煙一樣隨即消失

但氣味卻伴著我行走

某天我專注地思索某件小事
一回神已經坐在沙發上
它安靜、溫柔地承接重量
像是無聲的天使
讓人心疼

酒杯

麥子搖晃
你側身走入深處
沿途以手觸碰
發光的麥芽
腳印拓出液態的路
你頻頻回首
以迷濛的眼審視——
熟悉的家屋
在微醺視線使得物件
微微變形，你說：

「這才是歪斜世界的原貌」

發光的麥芽沉澱在杯底
質地如泥沼般濃稠
容易使人沉淪
沉淪於過度清醒的午夜
特別需要麥芽的撫慰
把麥子種下
以祕密灌溉
讓它成為溫暖的植物
等待收割、加入玉米與其他穀物
發酵、蒸餾所有人的夢境
讓它成為琥珀色的火種

燃起心裡的柴薪

你的酒杯寬闊如林
酒精緩緩斟滿
成為發光的流域
你是我見過的酒徒中
最善良的一個

迷藏

荒地裡每顆樹
都是未被喚回的人
漫長的等待很容易
懷疑自己
直到變成植物

倒數之前
大家聚在一起
討論如何躲藏
有人開始模仿大霧

柔嫩易於被穿透
有人試著模仿塵土
最後他成功接近宇宙

你躲入盒子裡
安穩地躺著
其實我們都知道
只是不忍拆穿
我們假裝尋找
寫信給你
火一般灼熱的筆
把每個字燻黑了

我們派人朗誦
你遺留的物件
聲音單調如伐木
最後把你種回土裡
每年都在等你發芽
等你長成一株溫暖的樹

碗

你用過的餐具還在櫃子
很久沒有被人移動
逐漸變成靜物
有陰影從邊緣漫出
像是某種生物的毛
細細的、短短的
碰到時卻感到異常疼痛

同款式的碗好多
但唯獨你用過的不同

你一定用透明的墨水
在某處簽名
只要瞇著眼便會看見
你的名字
像比較濃稠的水漬
無論乾了多久都
還讓人聽到雨聲
以及送你離去的傘

很久沒挾菜給你
不知道你還有沒有挑食
要記得吃綠色蔬菜
別總是狼吞虎嚥

你的碗不大
原本以為可以和你
吃上好多頓飯

你的碗一直在櫃子裡
我總是食慾不佳

菸

——寂靜的夜，以煙霧代替言語。
在我們體內喋喋不休。

你將菸草攤平
以一張極白的紙包覆
神色寧靜如霜夜
用手指喚醒微寒的草叢
指尖的光微微亮起
像某種生物睡著後的呼吸

讓人聯想起溫暖之類的詞彙
手中的菸逐漸化為灰
你皺眉、深呼吸
彷彿一口氣抽空所有的光
好讓你鍾愛的恆星現身

宇宙緩緩明朗
你逐漸睡去
沒人忍心喚起沉睡的一切：
銅像、鞦韆、以及我眷戀的你。

再也沒有光與霧
從你指尖飄出

我學你攤平菸草
以紙裹住，讓火燃起
你的氣味以及模糊身影
煙像靜脈蜿蜒
每一口菸草都在我心肺裡
復甦一個安靜的夜

陌生

新家裡的一切都讓人陌生
新的窗、新的爐、新的鎖
新的人將在這裡變舊

在夜裡煮沸一鍋水
讓它慢慢攤涼
就可以釋懷一點
假裝一切都還好
彷彿自己是另一個人
味蕾還在舊處，衣服有些已經回收

每天醒來就是重新輪迴
重新活過，不一樣的鄰居
不一樣的睡眠，卻只作同一個夢

夢裡有陳舊的衣服
柔軟、不起眼
但吻合地貼近身線
像你的手掌撫過肌膚
使內心的小小荒蕪
又開始冒出嫩芽

在陌生的住處
哀悼你，以積極樂觀的

生活步調：打掃、洗衣
替內心的嫩芽澆水
只在韓劇廣告時抽空想你

生活是漫長的劇本
好多陌生的臺詞
指涉出美好的遠景
我只能趁著空檔
偷偷想你，只有這時
我才能演好自己。

年後

世界脫下一身紅
早晨垃圾車出現在巷口
好多飽滿的袋子
填入金屬巨大的嘴
微微的破裂感像是日子隙縫
有人卡在裡頭，從不出來。
我兩手空空從巷子回來
年獸吃下所有的情緒
哼著歌離去。

屋裡一杯熱茶
擺在木桌的邊緣
熱氣盤旋，像熱帶雨林
我的意識低伏
隨時可以變成青苔
有著很低很低的墨綠身軀。
窗外有孩童尖銳地跑過
意識裡的草叢被鋸出缺口
有人依舊走不出來。

年後，世界即將甦醒
像是縮時攝影的紀錄片：
花開茂盛，果落成泥

蚊蚋如雲聚了又散。
許多枯木都逢春
——來年，來年
我一定要更開心一點。

門檻

木質的門
一直開著像畫框
你從裡面走出就成了
一幅人物素描
你有張最美麗的臉

粗顆粒的筆觸
細細琢磨
只是你的身影越來
越淡

門一直開著
只是你卻跨不過門檻
好多人打開門
早晨有人離開
傍晚就回來

你貼著門
瞪著眼
看著我們進出
直到你成為門的一部分
——木質、典雅。

你跳不過門檻

只好不停徘徊
黃昏時人們依序
回到餐桌上
大家都在等你
像以前那樣打開門
一起進食。

檯燈

檯燈亮起時
就像溫暖的方舟
世界洶湧如烈酒
你憑藉著白熾燈泡
慢慢往水域的核心
下探直到抵達
最溫柔的大陸棚

燈光是流質的布
纖維如烤好的起司

覆蓋在你的手上
便有了溫度、香味
你所寫的每個字
都漾著光——
你寫過的部首
成了燈芯，我每次讀到時
都在心裡的某處
微微發亮
微微呼吸
就像螢火蟲在霧裡飛行

夜裡所發光的事物
像幽靈那樣洞察人世

帶著杉木般的哀傷
有天你永遠地關上燈
我被留在黑暗裡

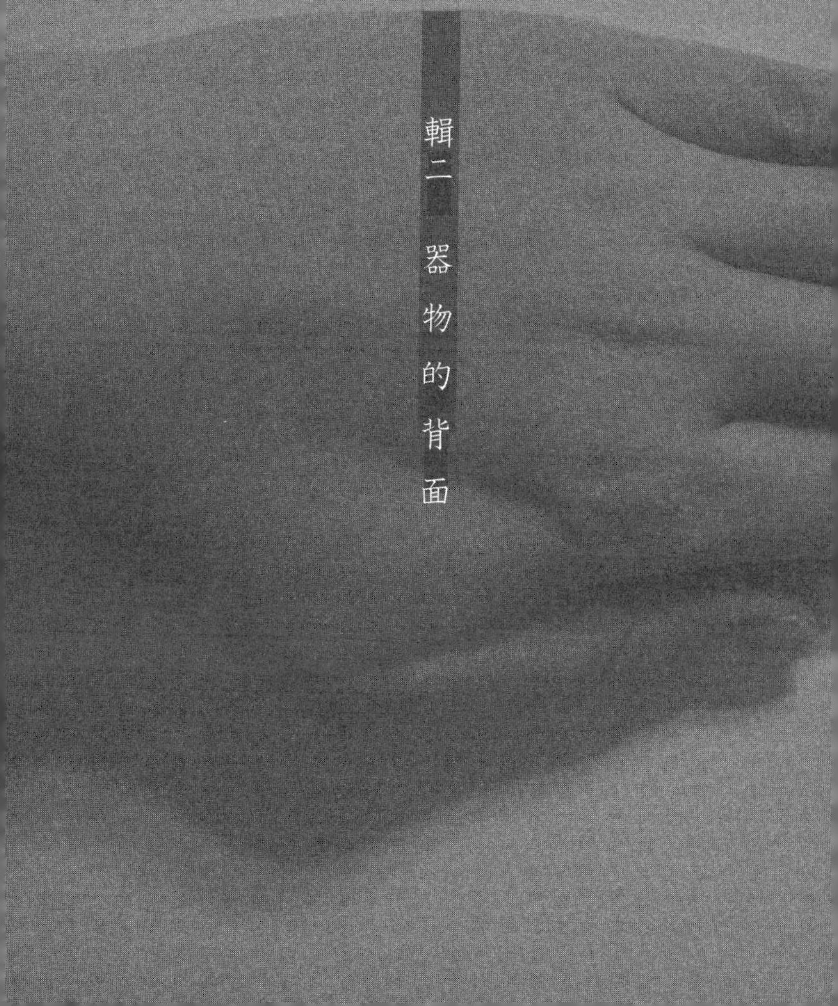

輯二 器物的背面

鐵器：與時光妥協

清晨醒來，發現世界早已生鏽
坐在窗前學鐵器般思考
溫柔、憂傷，只要一點水
就可以輕易地衰敗，我想像：

陽光隔著空氣落在土壤
鑿出巨大的凹陷——那是時間的重量。
光線像是透明的神啟
寫著我無法指認的意義
野草越過長夜竄出大地

於是，世界有了缺口
時光自此溢出，我閉上眼
讓流動且明亮的視域展開
我聽見，祂說：人們是剛出土的泥俑
時光是鐵器盛著愛慾。
——清晨醒來，陽光如靜脈蔓延
等待回收的文明，開始有了心跳。

我說：肉身亦是鐵器
在時光裡節節敗退
我們被神圈選，成為腐朽的受詞
漫長的夏日，我們偷偷呼吸
讓所有的傷口生鏽。

世界是曲折的貨櫃屋，左右對稱的窗
邊框鋒利，時光來回流轉
像枚銀製的書籤，殘忍地切割出隱喻
清晨醒來，逆著光替植物澆水
看著世上的意義逐漸朗現
此刻所有人的提問都得到解答
某種秩序規範著生命
有如法喜遍布，雨露均霑；
我仍寧願是頑固的業障
在輪迴裡憂傷，像生鏽的容器
漏著水直到死亡。

清晨醒來，盥洗死去的念頭

重新安置自己——刀叉橫著碗盤
安靜進食，與自己妥協。將所有的缺口
填上疲憊的卡榫：鑰匙、螺絲、瓶蓋……
假裝自己未曾受傷，像不鏽的門鎖著時光。

鉛筆：選光棲息

夜裡用木頭鉛筆寫字
像是蒙著眼被神領入森林
沿途的幽靈冰涼
像是潮濕的褻衣
顯示出內心的形狀

蕊心逐漸磨損
像是預告
遠方沙丘的遷移
紙張凹陷處

填著字彙——
竊竊私語的是誰？

時間緩慢如泥
長鏡頭的雨落在森林
我看見植物長出四肢
觸手如芽，撫摸我
散落一地的光
被重新放置在眼睛
視線所及；繁花盛開。

將意念收攝於筆尖
如避雷針繞過所有惡意

將種子寫入大氣
任尖銳的事物變鈍
直到第一道曙光
喚醒野地的芽

花園：生命之初

我們是草本的植物
體態糾結如藤
在黑暗裡附著欄杆
打轉、舒展纖細的意念。
所有的愛慾、傷痛
都順著水分盤旋
升空來到最初的混沌

彷彿是神的花園
我看見生命最初的樣貌

——自木板竄出的繩子
被綠色、柔軟的嫩芽包圍
尚未命名的細鬚
靜靜垂掛著像是一個預言

雨似螢火蟲緩緩落下
有些嫩芽快速茁壯
接著遷徙到遠方
成為一株多果的植物
有些枝枒只是安靜掉落
泥土隨即覆蓋
最初與最終
在此同時發生。

這是神的花園
我發現自己的生滅
不過是一季花期。

盆栽：栽種時光

草本時光多鬚
在盆裡安靜沉睡
直到雨水落下

清晨醒來
神用最柔軟的手
親自揭開雨季
我安靜如一株蔓綠絨
屈膝吸附塵埃
淨化大氣裡憂傷的魂

青苔是蟻搬運細微的雨季
細小聲響自露臺傳來
它們躡手躡腳沿著光繞圈
霧氣盤旋在意識邊緣
室內浮著微濕的綠蔭
像是幽密的大澤
朝著房間移動

意識裡泥濘不堪
土裡的黑蚊長出
半透明翅膀
它們是時光的信差
帶來逝者的口訊

——模糊如湖邊之石
喑啞的字彙
壓著時光
蜈蚣緩緩爬出
牠多足複沓一首曲子
並使所有影子重疊：
如惡夢般濃稠。

紙牌：捉時光的鬼

圍著木質圓桌
我們依序覆蓋祕密
天冷祕密都結上薄霜
像是冬季的湖
我們在湖上捉迷藏

一樣的花色
卻有不一樣的鬼魂
誰先翻開就會看見
昔日未選擇的道路

——兩側樹蔭濃厚
陰影處有人親切地招手
對你展示傷口
你抽出化膿的鬼牌

時光是最隱密的底牌
點數繁複如蜻蜓複眼
輕輕滑過水面
洞悉每個人的祕密

我們覆蓋自己
到戶外找一棵樹
對著它說自己的虧心事

回到牌桌後
彼此都釋懷了昔日

有人開始猜測
冰湖何時才會溶解
魚群何時才會釋懷冬季
我們喝酒、談天
就是沒能掀開底牌

插座：時光一閃

電路埋在霧的深處
你沿著瓦數以木頭試探
所有未被驗收的房間

有人呆坐，表情木然
如燈，需要被點亮
表情如鎢絲纖細
浮動的光線折射出
好多好多水氣
如海市蜃樓般絢麗

電線如靜脈蔓延
把憂傷的魂輸送到
每一盞夜燈
燈亮、魂起，輪迴上演
我們都逃不開的線路
一盞又一盞的光明燈
依舊照不亮最後一條路徑

神將插座安置在時光裡
等待一次的通電
照亮世界
讓日子裡隱而未顯的祕密
得以被看見

得以被原諒

將心愛的檯燈接上插座
光線亮起的瞬間
彷彿墮入宇宙的裂縫
觀看星系的生滅
超脫時光後的身軀
感到疲憊且憂傷

皮尺：丈量時光

如何能測量
花開的速度、
霧的路徑以及河底
反覆暗湧的時光

金屬盒子
躲著一捲皮尺
像蝸牛般柔軟
蜷屈著歲月的紋路

你抽出捲尺：
長一尺四寸一分
以生老病死苦五字為基礎
風水堪輿隱含人生真相
世上人們的一生都在刻度中
度過：上方刻度標示陽間事物
你將房屋建得方整
下方刻度標示陰間路徑
墳墓裡睡得安穩

茂密的叢林
無從丈量夜的溫度
你緩緩抽出漫長一生

小心避開死別、退口、災至
深怕自己陷入劫難

柔軟的身段
像是命運的骨架
每一次的丈量都是
對時光的寬恕
對自己的殘酷

外語辭典

試著用陌生的口音
詢問最近的港口
句式尾端被標上黑點
意味著語氣微彎
如帆船之尾

時光是漂流的幻象
每個詞條
都成了浮木
在陌生齒間傳遞

不同氣味的口腔
使得詞彙變得濃稠
如死了很久的魂

辭典將時光的裂縫
加劇，好讓逝去的鬼魂
能透過言說而再現
有人反覆背誦季節：
四月雨帶來五月花
有人不斷練習：薄餅、
吉他、女人
試圖以陌生語言
去接近快樂的本質

以不同語言
指涉出同一方位
像星宿定位季節：
神以辭典將時光轉譯
在異國的海馬迴裡

水銀溫度計

敏感的液體
在空氣裡活動
像影子般悄然移動
自由進出肉身深處

迅速聚散如流動的雲
以刻度丈量地熱
寒氣；丈量時光
在身上的足跡

微小的太空艙
液態駕駛員
在身體最隱密處
航行，一場時間之旅
精密的探索

以水測試體液
讓水重疊在水之上
密度逐漸接近宇宙

液態的宇宙
連神都安靜背對
只敢以玻璃管偷偷

定位，在幽暗的孔穴中
等待秩序底定

世界一場高燒
水銀擴張，水位上升
燒得夠深
就可以看到宇宙的生成

帳篷

在墓園裡搭帳篷
為了與死者友好
徹夜點燈
讓它們的魂魄
都可以從土裡竄出
像蛾繞著時光打轉
層層堆疊
次序穩固如蟻穴
光影被翅膀覆蓋

粉塵四散
空氣中瀰漫著懷舊顆粒
帳篷裡鬼影幢幢
你看見昔日的自己
從帳桿的位置游出
向你微笑、招手

你拿出木槌
將自己釘回土裡
讓自己透明如時光的芽
學著鬼魂哭泣
讓每滴淚水
都在裂縫中聚集

神祕的河畔

你在時光的盡頭
紮營，讓帳底伸展開
如草原，放任影子
汲水、生火、狩獵
將自己四分五裂
成為脊梁
成為營柱
成為最大的帳篷
搭在無涯時光裡

打字機

在世界的反面處
不斷敲打陌生人名
故事支線模糊
如滲水的原稿
情節模糊、對話模糊
地點在橋上，有人將往下跳

打字機像是時光的樞紐
可以決定誰可以進入裂縫
只要抵住按鍵的磨損

就可能成功獲得新的名字
不斷上演陳腔濫調、
狗尾續貂的故事

每個按鍵都住著鬼魂
敲擊便會拓印回憶
好多人使用過同一組字彙
像是：孩子、溫柔、陣雨
就這樣組成一個故事
讀過的人都感到異常憂傷
讓是被神重重壓下
無力回彈，就一直卡在暗處

生鏽的按鍵
在無人看顧房間裡
不斷被透明的手
敲擊、書寫時光的蹤跡
色帶重複更替
像是把整個宇宙都包捆
好讓神可以優雅地
敲下「死亡」二字

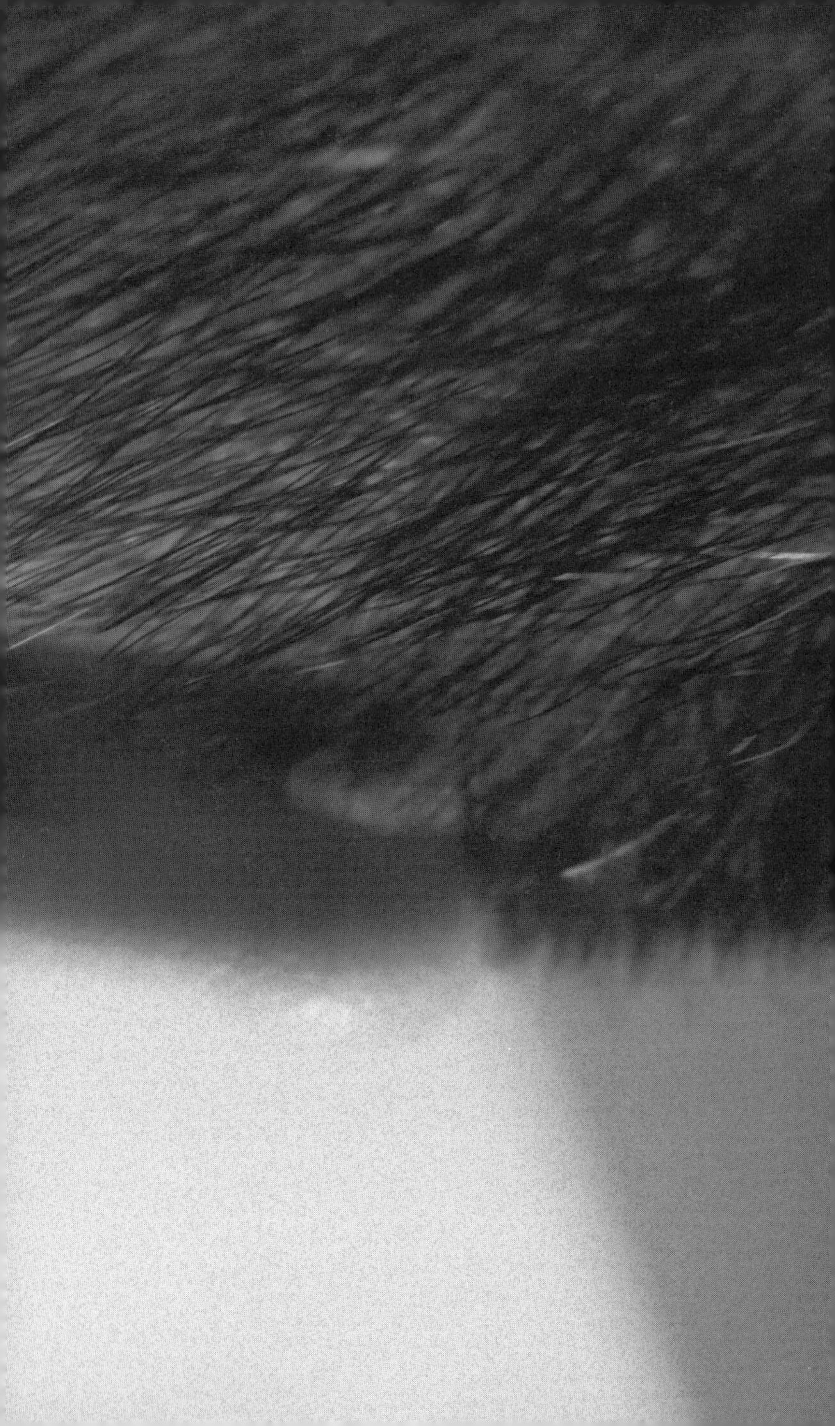

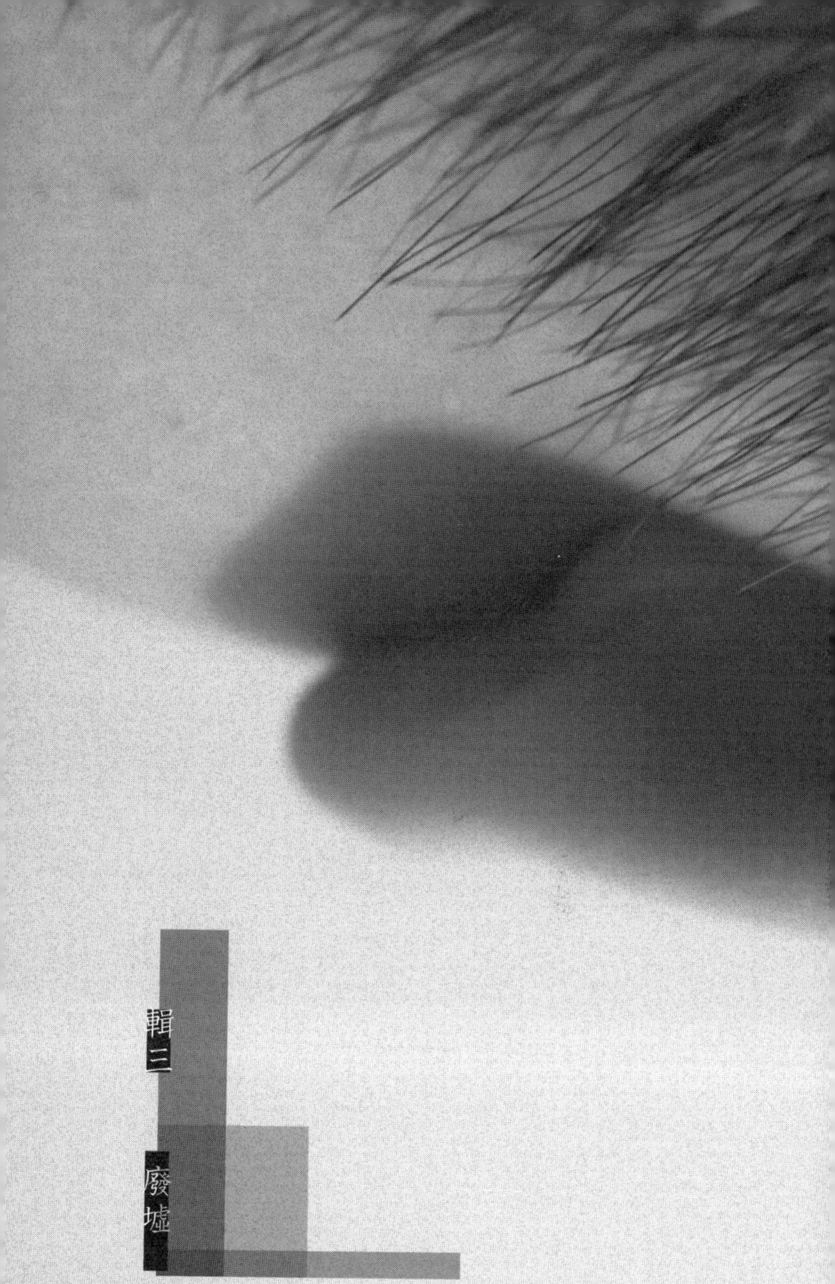

輯三 廢墟

離城

沿著扶梯右側往地心移動
左側讓給有心事的人
最後一班離城的列車
枕木開始變得漂浮
柔軟如夢體的輪子滾動
視線裡草木逆長
窗外的葉脈競相縮成
一滴純淨的水

列車開往柵欄深處

我們是被挑選的生物
疲倦的臉孔
有著同樣的困惑
急需翻開謎底來解釋
所有的傷口

鄰座寡言如書籤
側臉是好看的靜物
有完美的陰影
我們各執話題一端
如鋼索般來回將時光切成
好多片塊
不斷往窗外投擲

像是在餵食
夜裡活動的猛禽
——帶毛的嘴
開合如隱密的黑洞

夜廣闊如獸的背脊
我搭著列車
穿透霧氣、星辰、
雷雨——緊握手把
繫起安全帶。
只為了逃離一座
受盡磨難的城

閃失——記某舊大樓

世界最後一個陰天
神撐傘走過每個廢墟
尋找完整的指紋。
花盆裡沒有生物
每扇門後都沒有體溫
沒有人的髮毛還在生長
連光都閃躲的區域
像是巨大的墓園
多年以前有人打開門

陸續從大樓離開
如今日子的卡榫遺失
再也沒有門把需要被旋轉
生鏽的彈簧床上留不住睡眠
浴室裡深淺不一的水漬
形狀像是原始森林
淋濕的泥土還在呼吸
緩慢的吐氣像是：回憶、舊夢
或者厚重窗簾
（隔絕所有的聲音）

閃電落在遠方
發出安靜且緩慢的光

祂想起讀過的句子
——「整個房間，你最善良」

明亮的日子

我們在日光裡生活
有如向陽的植物，側著身去愛著
明晃晃的日子。讓我以抒情的口吻敘述
那些耀眼的段落

時光繞過城門在此棲息
像疲倦的候鳥靜靜梳理羽翼
我們之間綿長的故事
像羽毛般細膩，我拾起一片光影
仔細閱讀我們昔日生活的花絮

——城樓立著二十四柱
像是節氣標記著我們的日子

愛慾在驚蟄時甦醒，軟軟的小蟲
扛著愛戀在彼此肉身裡築巢
大暑的我們多汁且可口
有如曝曬後的柿餅
飽含著日光的纖維
用手掰開後左右對稱的紋路
恰似我們掌心般貼合

時序推移如潮汐
日子有流質的形態

像水靜靜在城門蜿蜒成護城河。
此後，縱使逝者如斯
又或者來日大難
我仍會在乾枯的河道
聽見你以抒情且濕潤的口吻
對我說：「東門名為迎曦」

海水變奏

黑夜是海洋巨大的夢
萬物隨著潮汐呼息
我繞過所有人的夢
來到事物的核心
在草叢裡偷偷愛著
不被世人愛的生物

牠有透明的身軀
在海洋深處閃著光
像上帝的手指

指出事物的真諦
隨即又隱沒在鹽裡

消融在海水裡
成了流質般的隱喻
整個宇宙注視著海洋
直到遠古的生靈醒來
祂帶著所有人的夢離開
只留給人類一座乾枯泳池

寫在山裡

我們穿過細霧
來到孕育神話的山林
視線將水氣劃開
在潮濕中看見夸父的小指
從土裡長出；遠方山裡
樹木年輪安靜地繞過一圈。
——我勾著你的小指
感受木質脈搏的節奏。
緩緩越過巨木群林的肌理

你說：「每一株植物都緊抓著
泥土裡的祕密。」（我緊握著你）
我們一同想像日子是安靜的檜木
在高海拔的原始林裡
被神輕輕放倒：我們化為毬果
在泥裡發芽，成為霧的心跳。

夜像一件移動的薄紗
來回輕撫整座森林
時間的葉脈網住所有人的夢
雨水此刻降落，我聽見
樹木的交談，語調像神祕的歌謠
你轉身背對我，將被褥捲成地衣

覆蓋濃厚的睡眠

清晨醒來，你凝視著光與雲
像是在確認文明的形狀
許久後你對我說：「這座山頭
是最接近神與愛的地方」

十三層製鍊場

陰天；金屬般的雲層
匯聚在廠房上方
諸神撤退時遺忘的水濱
到處都是具導電性元素
彼此摩擦就可以召喚
一場遠古的雨季

逐漸冰涼的液體
沿著通道排到大海
湛藍海水與黃褐色的

金屬唾液相互對峙
海面上陰陽共處

雨氣漸漸聚集
有種敵意與腐味
從裸露鋼筋底部
蔓延到整個廠房
煙管再次排放銅煙
如老鼠的氣團
不斷往地底走入
牠們終將匯聚成
眾人的夢魘

巨大螺旋鐵柱
在時光裡搥打
膨大的礦區
將具象的憂鬱
煉入眾人夢境
這是意識中
最憔悴的場景
濃厚的陰影
是神惡意的指紋

汙水處理場

——乾枯的墨水瓶

沒有人可以一直書寫。

在夜裡運行
輸送眾人的惡夢
匯聚成荒野般的水澤

日常生活蒸餾後的液體
疲憊不堪地流動
像瀕死的氂牛

緩慢走向幽暗的墓

排水系統
都市的靜脈
輸送膿一樣的液體
發臭的影子
籠罩整個冬日

液體彼此交融
凝固成平整的鏡面
有人對著水中央
大聲喊叫
彷彿將心肺喊出

饋贈給濃稠的汙水

艱難地穿過廢棄管線
來到乾枯的池子
磁磚破裂、管線被淤泥阻塞
發霉的天使睡在底部
城市裡死水般沉悶
再也沒有一滴乾淨的水
從這裡流出。

主題樂園

售票亭裡空無一人
大門用虛弱的鎖拴住
被架空的樂園
露出難堪的骨架

夢一樣的設施
只留斑駁車廂掛在
汙染的天空，到夜裡
就成了霧中最疼痛的星辰

天使在此失蹤
彩虹般的戲服
無法留在烏托邦
就這樣被遺棄
如包裝紙
華美的玩具被神帶走
我們虛有其表
如冬季泳衣
晴日的雨具

滿地都是恐龍的臟器
被支解後塑膠血管
流出夢的液體

質地如水銀
標記時光裡的傷痛

樂園是烏托邦的岔路
夜遊的人只能來到這裡
各自認領一處水泥地
將自己的骨骼卸下
讓自己成為樂園
最頹敗的一景
直到黎明到來

火山遺址

再也沒有需要躲避的火
從天而降只是微量的心事
像神用小指彈落的菸灰
蒼白的回憶層次分明
大地肌理深處
藏著眾人的情緒

就這樣憶起
還是繁榮小鎮的過往
週日市集鼎沸

新鮮的果子
帶來整個樹林的近況
人們彼此微笑
沒有任何事需要傷神
那樣的早晨
是風光的化石
堅硬但經不起
觸碰

最後一日好漫長
人們生火起居
無從預知的大火
如天使般隕落

落在草叢裡
落在溫泉裡
落在謎一樣的夢裡

所有的話語變得僵硬
那些詞彙冒著焦煙
無法辨識的面孔
就這樣凝固
成為時光裡
最巨大的模具
倒出最悲傷的模型

病院

目光所及之處
盡是殘破的景物
候診間裡
病歷散落一地
醫者與病患密謀逃跑
再沒有藥丸
被人服用
沒有睡眠需要被安置
病中的一場大夢
太過健康的人

無法走出夢境
他們混入城市裡
每個人或多或少
都有些寂寞，需要吃藥。

太過焦慮、妄想、狡詐的
病患乘著時光的列車離開
整個屋子裡充斥著
白色票根與藥丸
場景歡樂如
節慶散場後的餘溫
蒼白的病患牽著手

到未知的草原郊遊
孤獨的病院
座落在懸崖之上
就診的人
都康復如植物
再也沒有任何需要
掛心的人事物
所以都不想回家

捕鯨場

國境之南
船隻圍成陷阱
狩捕霧一般的生物
棧道自水面延伸
海濱布滿金屬利器
銳利的牙
撕裂大霧的槳
標槍如雨落在霧裡
血腥味盤旋
整個海域

不見一隻天使

有人在暗處
以鯨砲射擊
挪威製造的金屬
貫穿迷霧
提琴類樂器在大氣裡
奏響一首悲傷的曲子
詛咒般的音符
使得每片海浪顫慄

巨石般的生物
浮上水面

像乾枯河床下
隱密礁石
又像擱淺的島嶼
——海洋的智齒
被人狠狠拔去

鮮豔花朵在水面盛開
殷紅園圃飄盪
園丁細心掩護
收割發光的骨骸

荒屋

大雨過後
世界一片迷霧
生鏽的窗花
緩緩生長，往霧心翹首
我在玻璃窗前呵氣
一片殘破的星圖
點點浮現
整個宇宙最傷心祕密
在胸口閃閃發亮

屋外蔓草蔓延
某個入口被埋藏
露水彼此傳遞口信
將土裡深處的影子
埋得更深
埋得更接近真理

世上美麗的事物
都從土裡生長
螢火蟲、蟬、蚯蚓
——鐵一般緩慢的時光
牠們以全副的感官
去體會萬物生滅

荒屋裡，我睡得很沉
鉛塊在體內四散
意識落在遠方
像種子一樣安穩
枝枒的花長出
我的影子

我是草本的花影
躲在荒廢小屋
等待霧一般的手
將我摘下

冷鍋

爐上冷鍋
再沒有焦黑的蛋
菜單許久未更新
古早味的菜餚
擺在陳舊的桌上
只有餐巾上的花
還在綻放

每一桌都擺上空碗
等待遲到的賓客

冷氣過於強勁
冰涼的椅子
冰涼的餐具
使得一切都僵硬
如久未甦醒的關節

大廚用過的刀
緊緊咬住砧板
鐵屑在時光裡成為
唯一的調味

每隻魚的靈魂
順著月光游出

回到柳宗理淺鍋裡
查看自己的身軀
品嘗自己的味道

從白晝到午夜
沒有任何生物的足跡
角落不時有細小聲響
傳出，透明的腳印
徘徊在門前
像是時光裡的盲者
以杖輕叩回憶

包廂

歌者無言
以沉默丈量包廂
樂器遺落在時光的裂縫
無人奏響樂譜
像真空的實驗室
聲波被狠狠截斷
安靜大規模行軍
震耳欲聾
大音聲希

只有光穿過屋子
落在地上成為巨大的浪
一個潔淨的宇宙
從四面八方湧起
高音穿過
低音墜落
誰開門進來
誰就成為造物者
——樹長成林
樂符是果子
無伴奏的提琴
奏響每株樹木的魂
撼動整座森林

使它奔跑
使它酣暢
使它如一顆休止符
落在宇宙之間
使神轉身
背對房間
永遠地
靜默如啞者
懷念悠遠的轉音

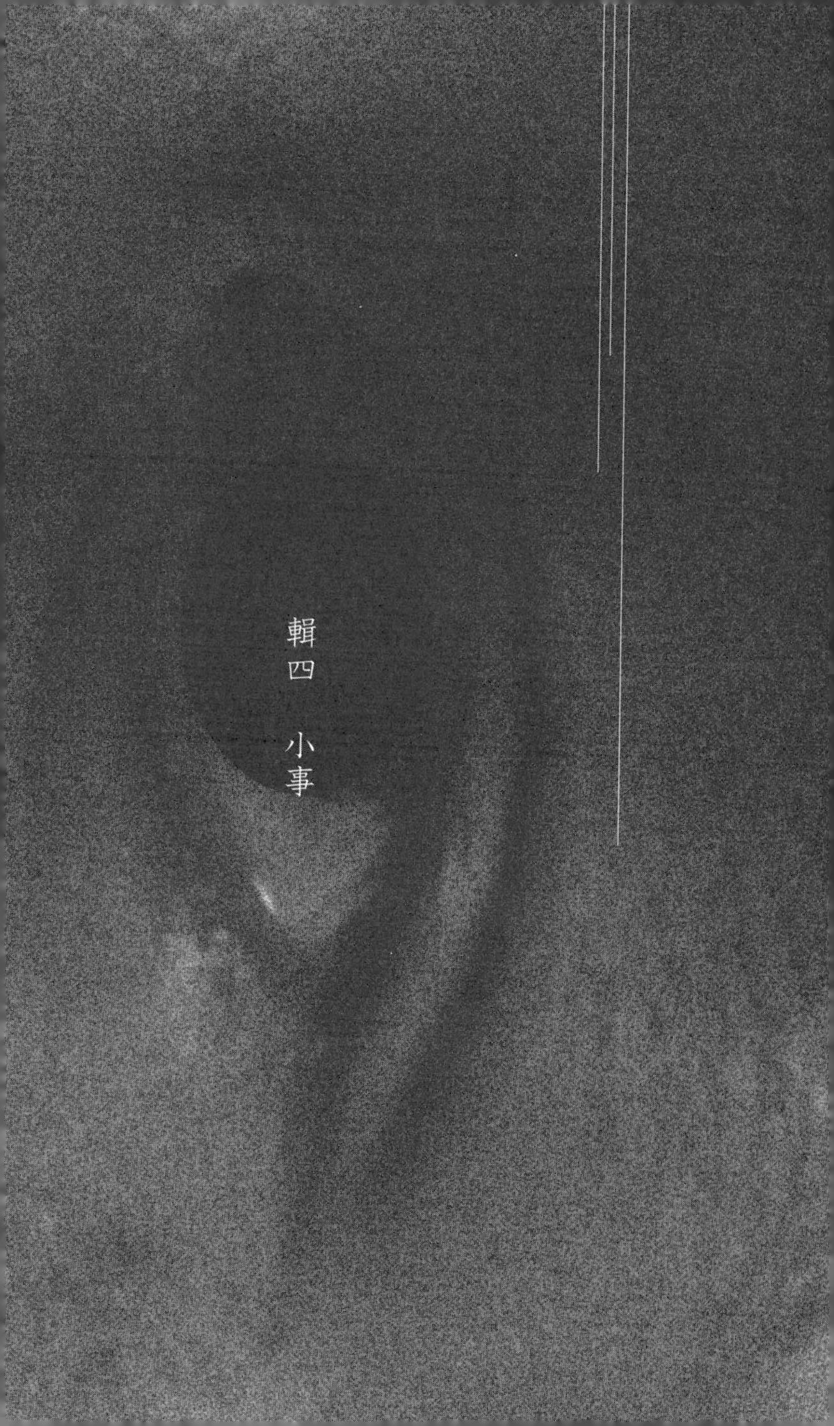

輯四　小事

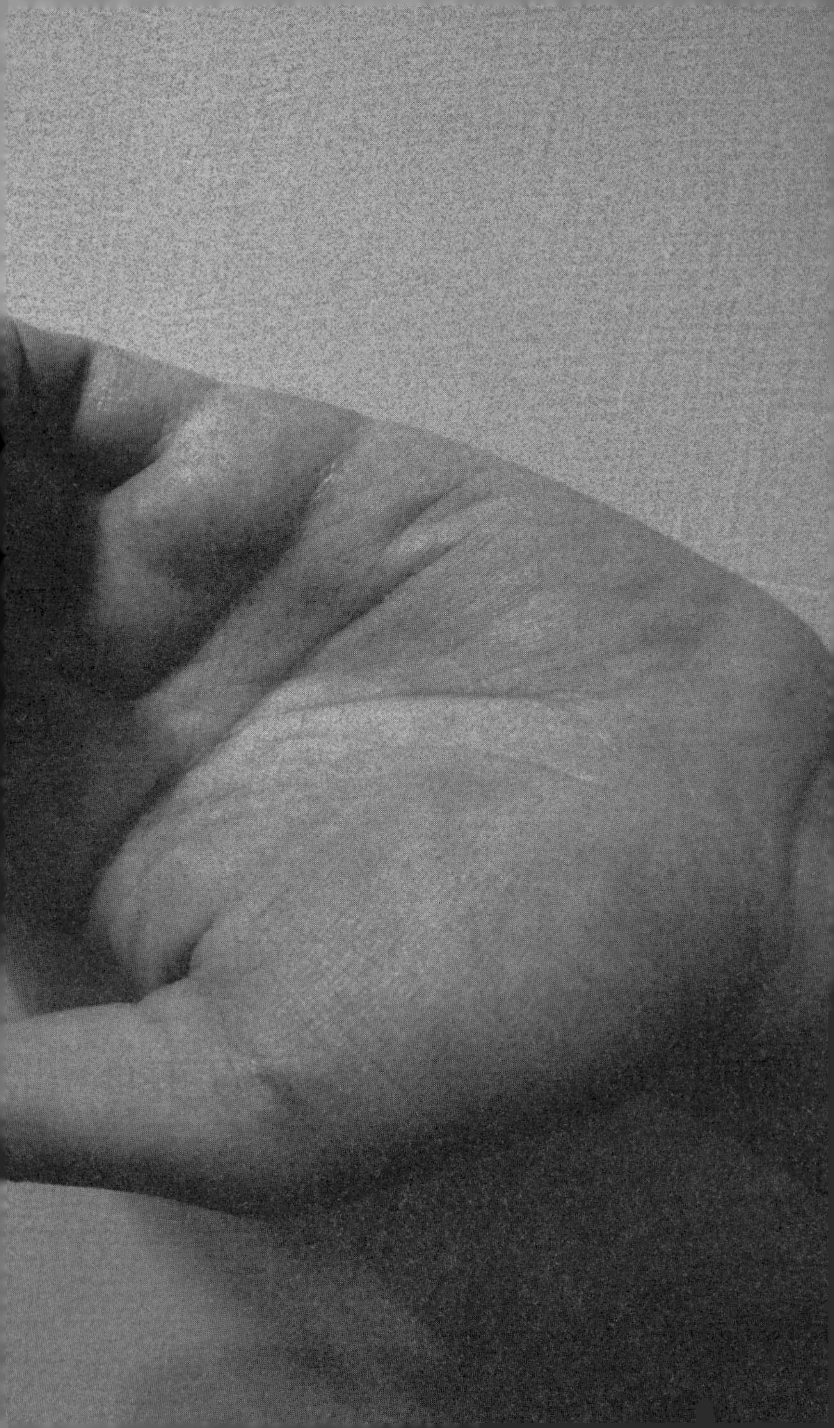

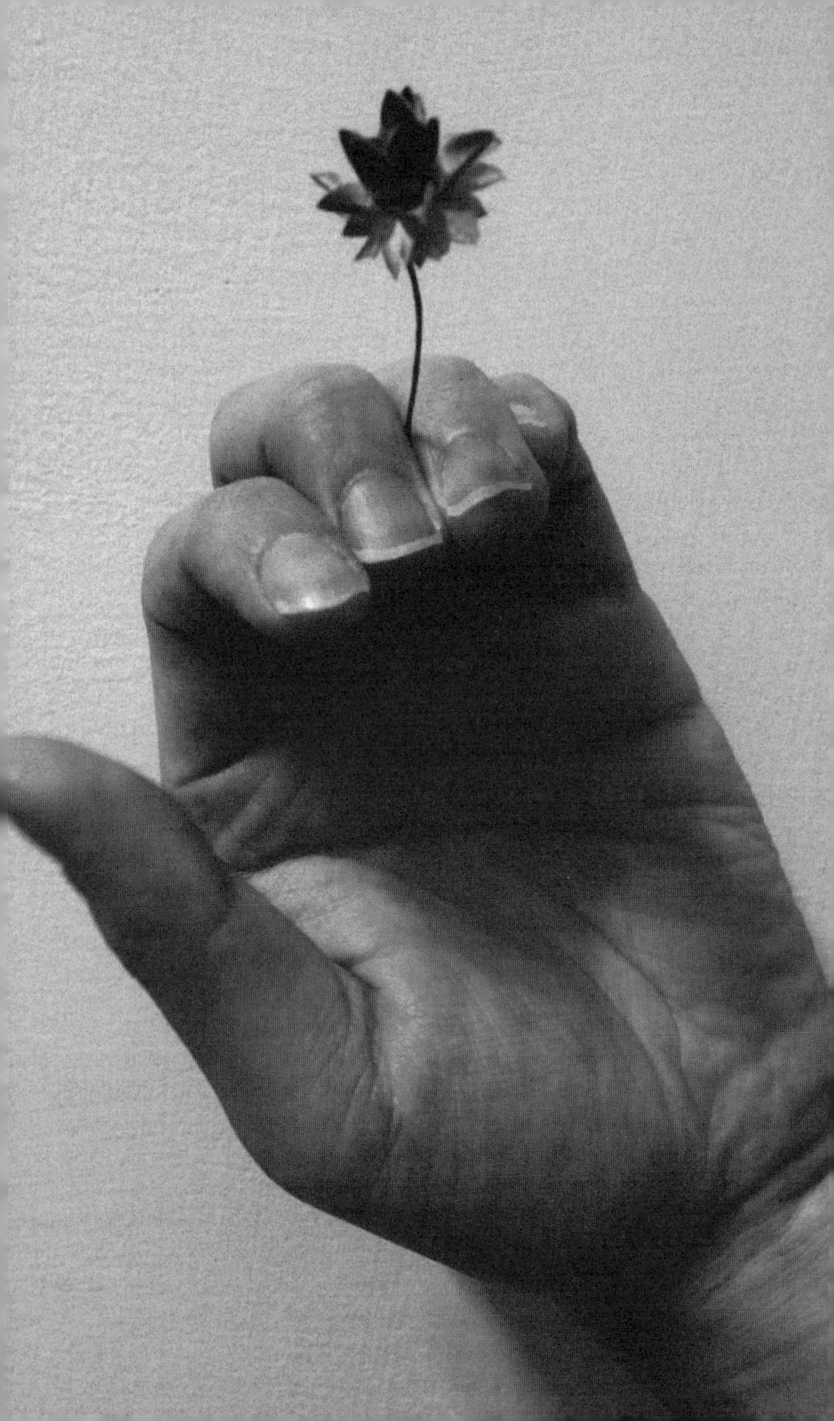

凝神：造愛的瞬間

午夜後世界濕潤
雙人床覆蓋整夜的小雨
被褥之外事物模糊
如遠景的植物緩慢且膠著。
趁著號誌停擺的空檔
我們屏氣凝神地將所有的光
埋入於肉身的深處裡
像在栽植一顆發光的種子
等待它生長、逆行
成為一株藤蔓纏繞所有人的吻
在暗處運行所有人的愛。

陽臺上的衣物並排
水氣像是涓滴的體液
緊貼彼此的身線
我們說好要穿上最猥褻的衣服
去生活、去閱讀、去愛人
讓每一刻都腥羶
卻又純真如信徒
你說：摩頂放踵，終至樂土。
即便此刻的每一寸移動
都艱困似劫難
但我們屏氣、默念法號
等待菩薩以甘泉引渡

大雨間歇，濕氣如蛇蔓延
你我再也找不到一處乾燥的地方
我裸身蹲據濕地，沼氣沉重
意識在蜃樓裡徘徊
有人在鄰室練習雙簧管
河流般的音符落在草叢裡
泥土深處有蟲虺爬行。
我的內心衰弛如廢棄的營區
所有的帳篷都無人投宿。

氣溫緩緩下降
溫火無法煮沸一鍋冷水
你我跋涉至彼此的深處
卻尚還飢餓。你撫摸炊具
對我展示叢林；有些慾望非得
茹毛飲血方能酣飽。
你小口多足地吻我
如工蟻耐心進食
我用手打磨圓潤的沙丘
使蟻穴生泉
使彼此相濡以沫。

雨勢漸漸壯大
你的腳懸在空中擺盪，摩擦出靜電
體內的雷悶悶作響
召喚所有的蛙類都退回幼年
世界一瞬間也退回洪荒——
此時，人類尚未出現，只有一顆發光的種子

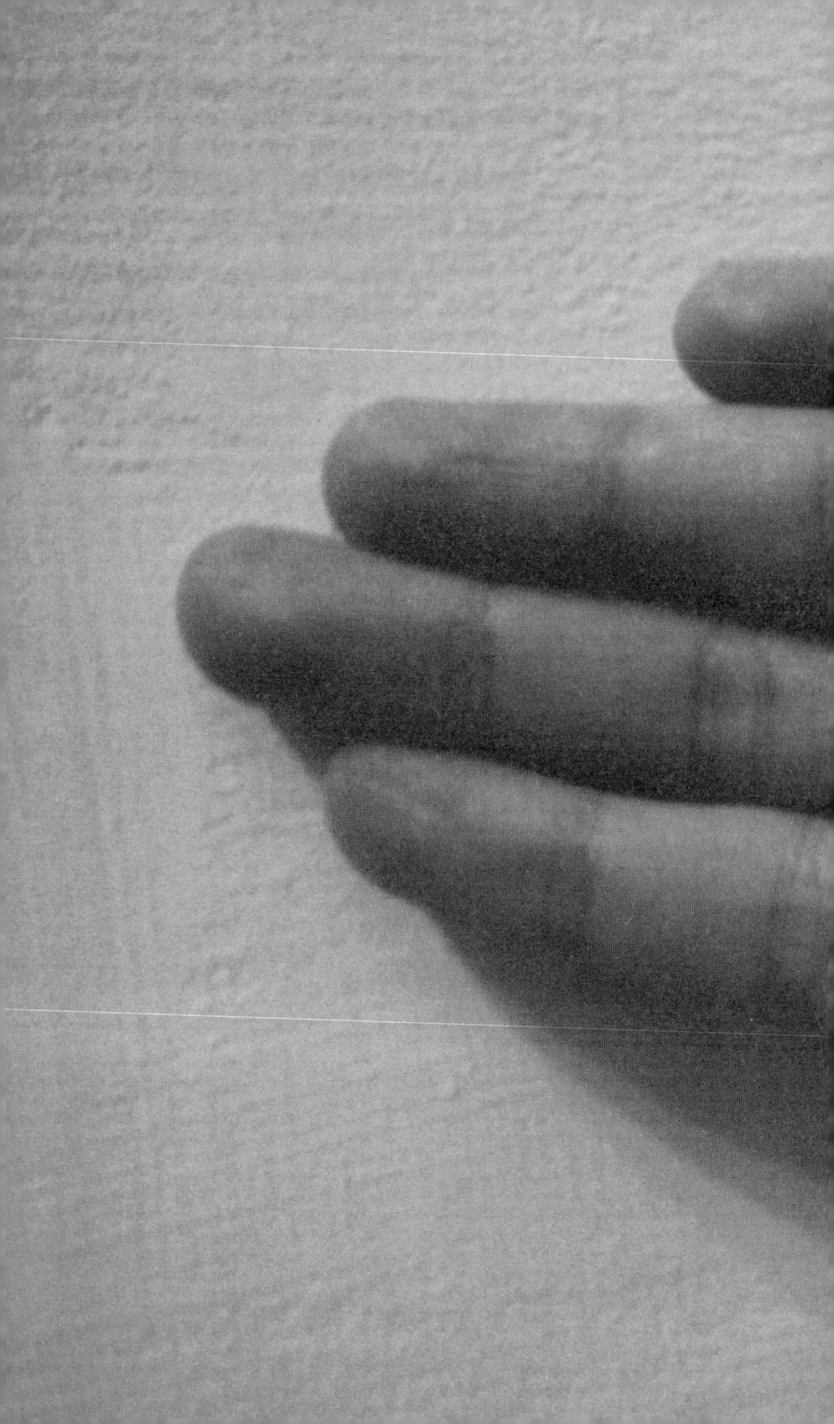

小事

急遽的沙漫延至腳踝
世界陷入真空中
水、光、空氣逐漸撤走
像是突然中斷的劇場
巨大的沉默如一塊黑布
柔軟地包覆我

我沿著體內的河道散步
乾枯的底部長著雜草
想起某人說過：

「雨季被惡意延遲。」
沿路以石頭描述
每一件發生過的小事：
喝過的水還放在桌上、
午餐前得服藥、
空白筆記本得用藍筆書寫。
我得逐步確認每個細節
如確認發亮的小鎖
能鎖住每一扇門
房裡躺著另一個我

感官盛開如一株曇花
我用慢速播放

早衰的花期
像是一場哀傷的默劇
我著迷所有緩慢的敘事：
慢慢地走過一道走廊
只為了喝一杯水
——這就是我沮喪時
唯一能做的小事。

名字

清晨的喃喃自語
被海水捲走
留下粗糙的海灘
空虛如內心的獨白
——天使走過沒聲響。

黃昏，天使消失
離開的字彙都閃著光
來到事物的周圍
有些稱謂改變，有些意義

延伸成為另一種意義。

海浪的縫隙
是世界的雛型
我看見意義的誕生：
清晨回收舊有的指稱
黃昏還給世界新的名字

我在海裡看見
潮濕且嶄新的話語
並試著喊出自己。

空景——致周夢蝶

你蒼勁的掌，
推開清晨的霧
讓事物重新回到秩序
所有的繁花都源自
你記憶中那叢荒涼枝枒的影子

你自記憶空白處駐足、微笑
彷彿想起街頭的書攤
倚靠日子薄弱之處
手指拖曳一襲長衫

胸懷整個世界如新生之卵
所有的字句皆來自喧鬧
唯獨你安靜走入心裡的佛門
任憑一張木椅、一根石柱
成為你的塵緣與
你的皮相
包覆最深的遺憾
——你的影子重疊影子
像蜈蚣走在亂石夾縫

桌上濃稠的白粥
你以杓子輕輕攪拌
有如日子的餘韻被折疊

你凝視逐漸透徹的薄霧
像是在琢磨一樁公案
直到所有情節的模糊
陽光才移入室內
你緩慢起身，像是赴約般
走入一扇矮門：
微塵弱草，鳥鳴山幽。
你微微側身，
讓給世界一片空景

草本體質

你命中帶木
姓氏即是一片森林
手指如樹根般交疊
日子是一季花期的生滅
陽臺上的盆栽
裹著每一道日出
陽光在睡眠中滋養著你
如同世上所有的植物

你的木質體質
適於栽種敏感的花蕊

成長過程中
慢慢發現肉身即是土壤
潮濕且溫暖
如隱密的花園
神是勤奮的園丁
在幽微之處播下種子

夏日好發嫩芽
一片粉紅色的玫瑰
覆著在皮膚之上
時不時發癢
像是一件濕潤的褻衣
伴著你呼吸、生活

——你屬木，終生居住在花園裡。

天色

天色一如泥土
默默滋長著時令。
神將某些神祕的植物收割
鐮刀落在大氣間
彷彿是凶年；生鏽的星宿
缺了一角。
如何能將淡然的心情
攤平，任憑候鳥展翅
抵達遠方，俯瞰一個善良的自己
修繕門窗等待天色朗現。

門穿過的日子：木質
且溫潤。
天色終會底定。祢說。
將盆栽移至戶外
——露水撫過生命的外圍。
明早將有什麼冒出芽來
像是某人的病癥。

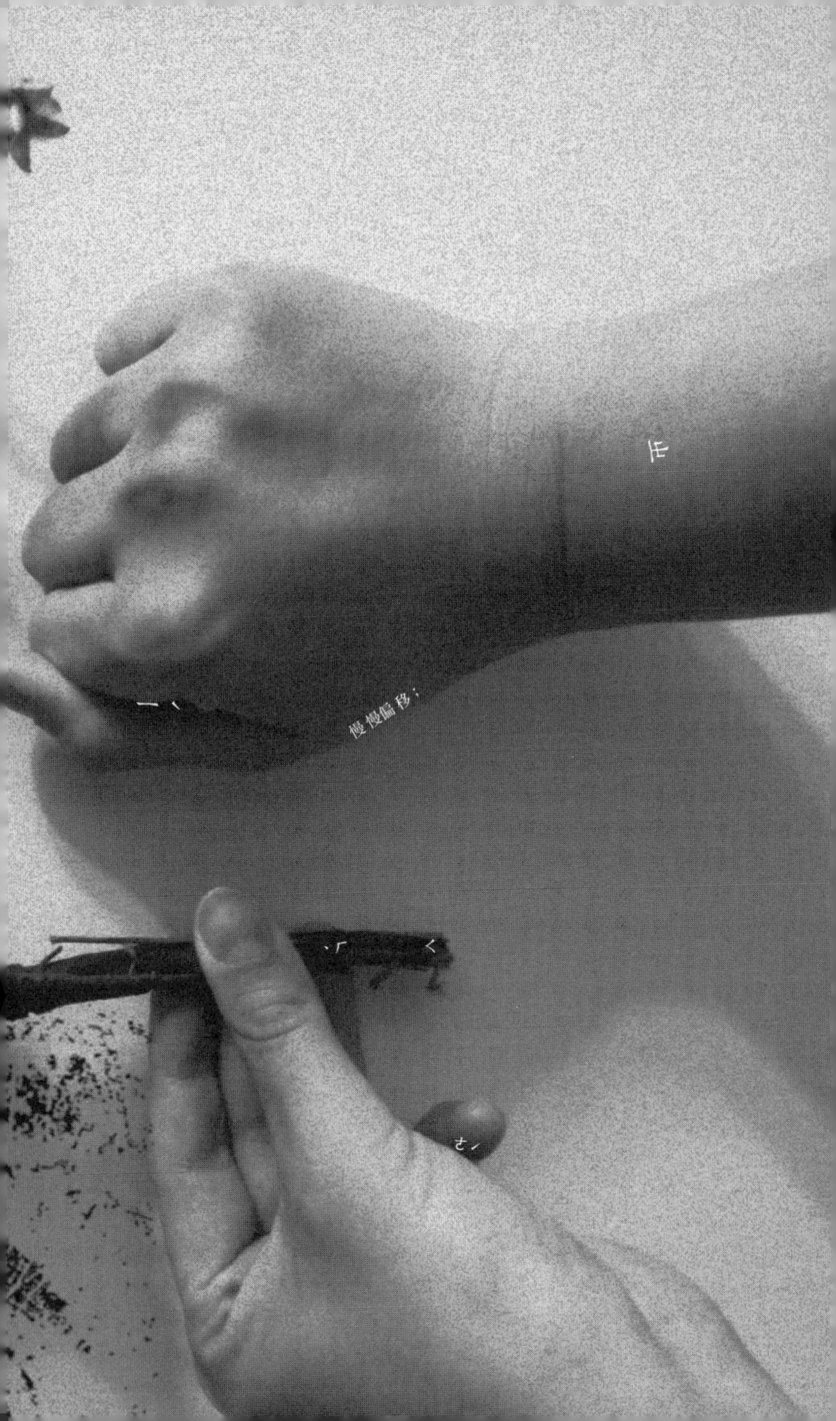
慢慢偏移；

後記

棄之核

果子最先長出核才有果肉。生命中的內核決定著生命的樣態。一直到現在，我才明白身上某種頑固隱喻的來源。

幼年無人作伴，寵物便是唯一的慰藉。那時剛從臺北舉家搬回嘉義，母親與父親平分了僅有的現金，便開啟長達二十多年的半分居生活，長大之後才聽到所謂的「假日夫妻」一詞。國小放學回到家中便窩在沙發上，轉著一百多臺的電視頻道，鄰居中並無年紀相仿的對象，而妹妹尚小由外婆照顧。我從放學到母親工作結束返家之前，我獨自一人安靜且無聲，眼瞳裡倒映著電視的螢光，漫長的午後，陽光慢慢偏移；我是一件有陰影的家具。

或許母親看出我的孤單，於是陸陸續續為我購買了不少寵

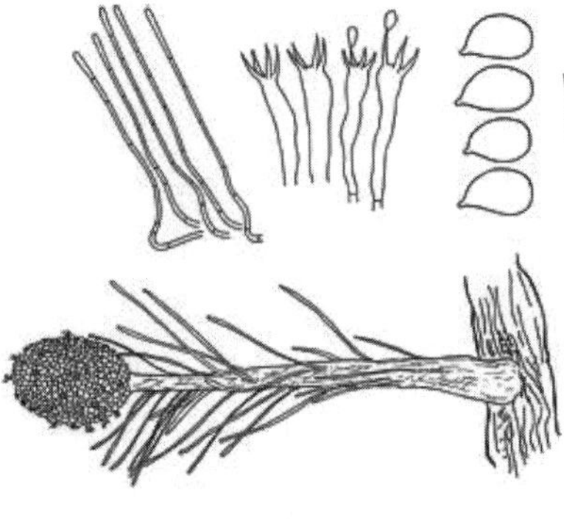

後記　棄之核

物，印象中養過白文鳥，從尚未長毛的雛鳥開始養起。用美工刀將竹筷子對剖，讓它成餵食的器具，將飼料泡水、搗碎成為糊狀，一匙一匙地往雛鳥嘴裡送。雛鳥伸長脖子、振著沒有羽毛的雙翅，嗷嗷待哺的模樣煞是可愛。

雛鳥長大之後頗為親人，會在我手上停留、徐走。然而，在某天打開鳥籠餵食時，白文鳥或許受到野地的召喚，飛了出去，再也不曾回來。日後看著空蕩的鳥籠，總覺得時間停在白文鳥拍翅、飛出的那一瞬間，像是緩慢播放的長鏡頭，帶著一絲哀悼的氛圍；於是，我開始學著直視生命中的空缺，像是在日子最薄處行走——屏息以待卻又舉步維艱。

第二次為動物傷神，是國小自然課發的蠶寶寶，軟嫩的身

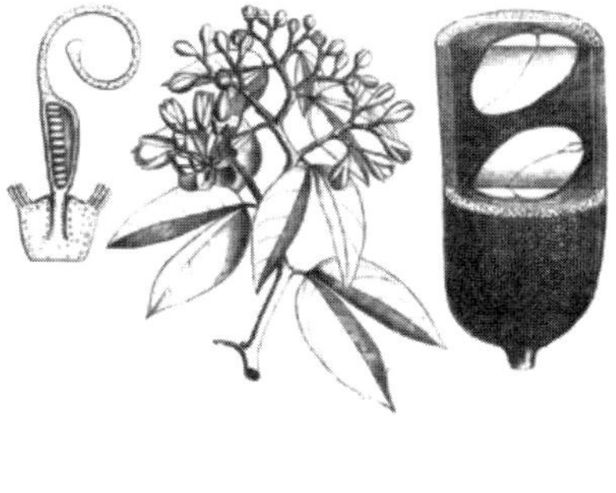

軀一節節地蠕動，在相對巨大的葉子上緩慢進食，每次課堂間我都會把紙盒子拿出來，看著牠們進食的畫面出神；那畫面安靜且迷離。蠶寶寶沿著葉脈咬出細長的缺口，像是一條隱形的道路，空缺的部分反倒成為視線中的焦距。咀嚼式口器不斷開合，像是規律的儀式，牠們咬出我心裡的破口，破口成為一灘深淵，我以肉身酗著它。

孩子不分貧富差別均領到一盒蠶寶寶，同儕之間便開始了競賽，爭相將自己的蠶養得肥美，於是將大筆的零用錢往文具店裡消費，換取一包又一包的冷凍桑葉。冷凍桑葉還得經過一般細心處理，要用衛生紙小心擦拭桑葉上的水珠，以免蠶寶寶吃了腹瀉死亡，較神經質的同學會用吹風機將桑葉烘乾，才哄著蠶寶寶進食。後來，不知道哪傳出的說法：「現

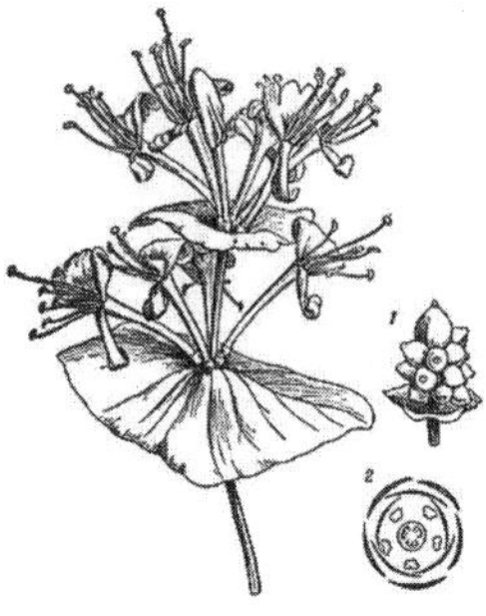

採桑葉的營養價值大於冷凍桑葉」，或許是自己的心理作用與集體暗示，總覺得吃現摘桑葉的蠶總是特別有活力，咀嚼時彷彿可以聽見愉悅的聲響。同學們開始尋找哪有桑樹，像是某種宗教性的狂熱。

學校周圍的桑樹早就被住得近的人採摘一空。我住得遠，總是對著光禿禿的桑樹發愁，深怕我的蠶營養不良、無法順利結繭，而我的人生就此搞砸。某天升旗典禮時，我聽見隔壁班同學的對話：「我發現一棵新的桑樹，葉子超大」、「真的嗎？還有很多葉子可以採嗎？」我努力在教務主任訓話的空隙偷偷記下神祕桑樹的位置。它位於學校的西南方，平日很少有學生會經過的道路，如今竟長著一棵貌美的桑樹，無人知曉，簡直是充滿奶與蜜的神聖領域。

我懷著偶然聽到的祕密，熬到了放學，我繞過熟悉的回家道路，準備開始採桑行程，夕陽落在身後，將道路照得發亮。讓這一切充滿儀式感，像是在求道、覓仙丹一樣。我走在陌生的道路上，揣著蠶寶寶的紙盒、忍著細小的恐懼，專心尋神祕且貌美的桑樹；放學的人群隨著道路蔓延而變得稀少，最後只剩下我站在道路的中央，前後皆是空蕩的街景，我開始變得心慌，害怕這條路會這樣無邊無際下去，最後變成一場黏稠的夢。

忽然轉角傳來金屬相互碰撞的吵雜聲，接著是鼓聲、號角……伴著這些聲響出現的是鄰近宮廟的建醮隊伍。鞭炮、鑼鼓、尖銳的法器，以及虔誠的信眾，這些元素構成一條擁擠的河流。一張狹小的木造椅子被舉起，座位變得巨大起來，我無

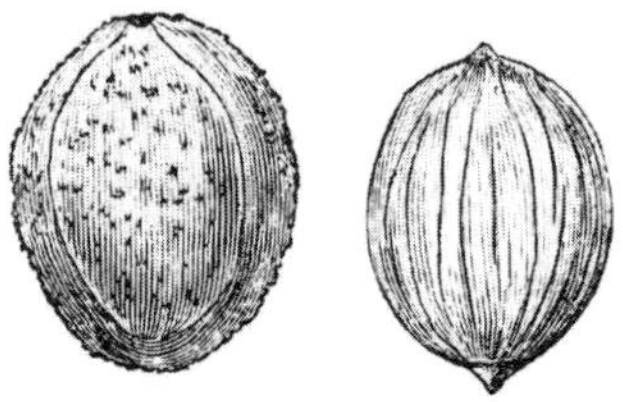

法指認的事物正在指揮著隊伍的走向。氛圍太過迷離，空氣中瀰漫著迷幻藥似的節奏，在恍惚中我跟著隊伍走了好大一段路——壓根忘了找尋桑樹一事。

隊伍回到原本的宮廟前庭，這時人群開始一一跪下，等著轎子從頭頂上穿過。我也跟著隔壁戴帽子的阿婆一同跪下，我看著她的臉龐，眼神中透露出虔誠卻又迷茫的樣態，那是我從未見過的複雜神情，像是被某種語言難以描述的力量所籠罩著，這樣的力量驅使我也低著頭，凝神等候轎子的經過。

鑽轎子的儀式很快就結束，起身後我看著周遭的人群帶著酣飽的表情散去，彷彿剛結束一場流水席，他們攝取某種抽象的物質，好讓各自的生命藉此得以更新、變形。這時，我

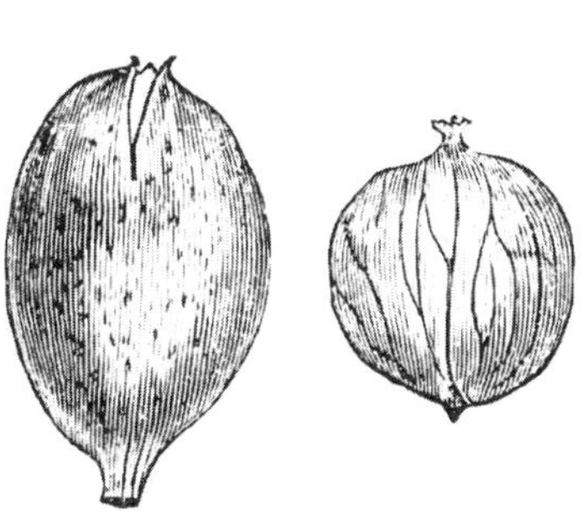

才想起採桑葉一事，也同時發現裝著蠶的紙盒不知道在何時不見了。我急忙沿著路途尋找，但未果；天色很快暗了下來，沒有豐盛的桑樹、沒有等待進食的蠶，一切如夢幻泡影。我試著說服自己：也許牠們在鑽過轎底之後，突然間改變了物理的生命型態，變成蛾飛走了。我忘了那天是如何結束這場怪異的旅程，但總覺得生命中某個物件被神移動了，祂再也沒有幫我恢復原狀。

§

白文鳥與蠶寶寶的離去，是標記童年的兩個重要事件，或許也是構成我某種害怕被遺棄的情結。榮格認為情結的起源，勢必存在於個人性格之中，而且是比童年更為深邃的東西。

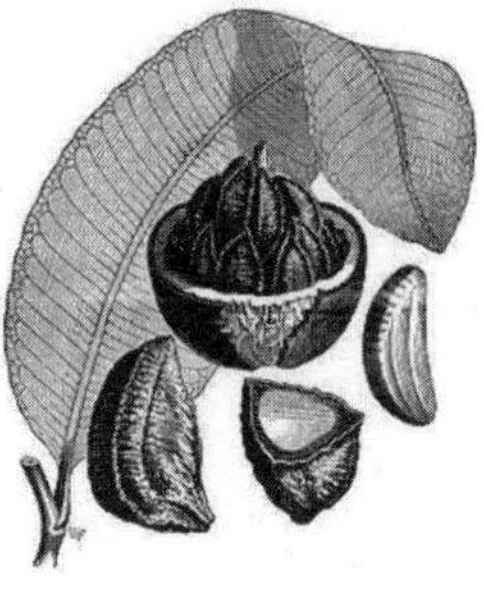

我想那深邃的東西應該類似水果的核，你只有在爛透的果肉中才能見到它的樣貌。成年後，肉身漸漸朝向腐朽的一端邁進，隱藏的核開始露出一點形狀出來：貌似水晶的質地，看得見的部分有些淡紫色，在夜裡折射出好多重疊的夢，似巨大的拼布，包裹著我淺淺的睡眠。

成年後我有睡眠上的問題。加上日夜顛倒的生活作息，使得睡眠變得破碎。從智慧手環監測的睡眠質量總是顯示不良，這使得我害怕夜晚。在夜裡聽著枕邊人睡著後的呼吸，我有一種被全世界遺棄的心情——等待某人將我輕輕拾起。日子好端端地，沒有誰背棄誰，沒有誰不告而別，但我總陷在失落的氛圍裡，像是一件家具被遺忘在回憶的角落，布滿灰塵，灰塵之下是指紋，指紋之下是氣味；氣味是大腦裡海馬迴的一首樂曲，

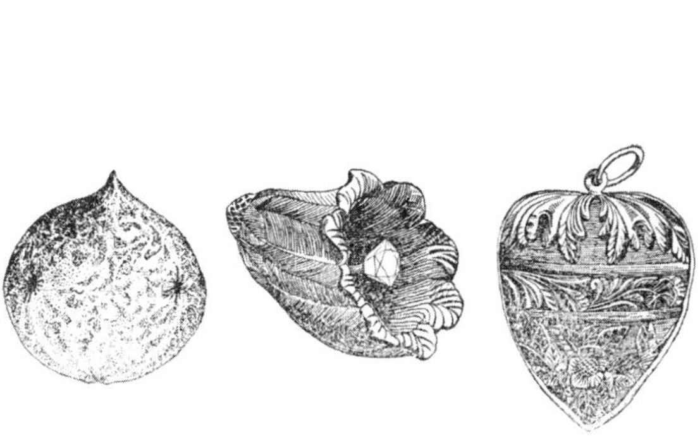

高音部是雛鳥脖子透出的血絲，有些許的腥味，中音部是冷凍後的桑葉，草本的味道滋長；低音部則是厚重的窗簾，陽光灑在上面，一種陳腐、寂靜、溫熱的混合味道。

事實上我真的曾在睡夢中被遺棄過。八歲時的一次搬家，讓我首次真正成為被遺落的物件。那時父母親白天忙於工作，只能趁著下班時整理、打包物品，搬家當天，父母親一直忙著打包到深夜，而我早已因為玩累而在沙發上入睡。父親開著借來的貨車，母親將家具、雜物、魚缸……等，逐件搬上貨車，東西太多得分批運載。母親看我睡得沉，便直接與父親乘著貨車前往新租賃處，他們料想短短十分鐘的車程，我是不會醒來。沒想到，寂靜是最巨大的聲響。我從睡眠中轉醒，靜靜環視四周，不成套的家具以及尚未封口的紙箱，即

便是孩童的我也明白，自己是被留下了，父母親不知為何離去，我被遺棄在殘缺的家裡，只能縱聲哭泣。

這個被遺棄的經驗，在成長的階段不斷地被憶起，最後在生命中成為核一般象徵性的存在；成為日常生活中不斷歸返的鬼魂。我總是感到被遺棄，特別是在夜裡。某天深夜從淺眠的夢境甦醒，背對著全世界，想起吉本芭娜娜〈白河夜船〉中的紫織，她總能讓我感到慰藉。紫織在大學畢業後從事的「陪睡」的工作，工作內容是在顧客入睡時陪在他身邊，在陪睡的過程中，紫織並不能真的睡著，因為得提防顧客醒來。倘若顧客真的醒來，紫織會在床邊微笑、凝視他，並遞上冰水。第一次閱讀時我差點哭了，紫織從事的工作在我看來十分溫暖，她看顧著每一個難眠的人，並給予巨大且柔軟的善意。

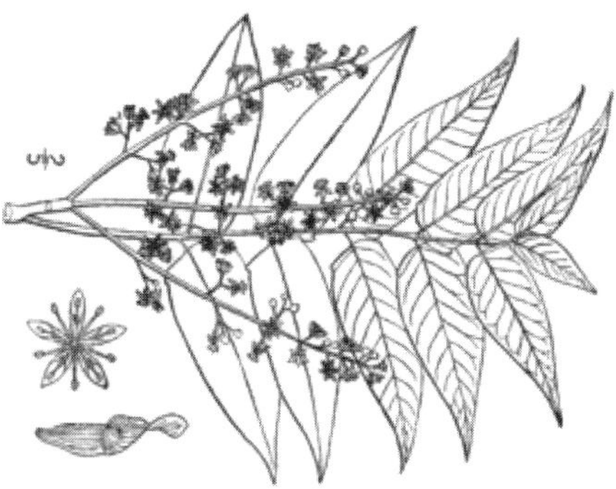

由於睡眠的不穩定，白晝時我總覺得困在時差之中，我欲抵達的遠方，是柔軟的麥田，一陣風吹過，棕黃色的麥梗起伏像數以萬計的小手，我急需被撫慰。困在時差裡，我是疲倦的旅者，不斷書寫，書寫就是自我應答，我往空白的密室投擲話語，任它們彼此碰撞、碎成一地——像是喉嚨吐出的穢物。更多的時候，書寫就像小時候無聊打發時間的遊戲，拿著一枚硬幣，將白紙覆蓋在上頭，以鉛筆拓印出硬幣的輪廓；事物逐漸明朗；果核逐漸顯露。

肉身藏匿著果核，時光是極薄的複寫紙將我包覆，神用手輕輕拓出謎樣的果核。

（祂滿不在乎地瞄了一眼，隨即又將其遺棄。）

九　歌　文　庫　1288

棄之核

國家圖書館出版品預行編目（CIP）資料

棄之核／林餘佐著 . -- 初版 . -- 臺北市：九歌 , 2018.07
192 面；13×19 公分 . -- (九歌文庫；1288)
ISBN 978-986-450-196-0（平裝）
851.486　　107007779

作　　者——林餘佐
責任編輯——崔舜華、蔡琳森
創 辦 人——蔡文甫
發 行 人——蔡澤玉
出　　版——九歌出版社有限公司
台北市 105 八德路 3 段 12 巷 57 弄 40 號
電話／ 02-25776564・傳真／ 02-25789205
郵政劃撥／ 0112295-1

九歌文學網　www.chiuko.com.tw

排　　版——綠貝殼資訊有限公司
印　　刷——晨捷印製股份有限公司
法律顧問——龍躍天律師 · 蕭雄淋律師 · 董安丹律師
初　　版——2018 年 7 月
定　　價——260 元
書　　號——F1288
I S B N——978-986-450-196-0

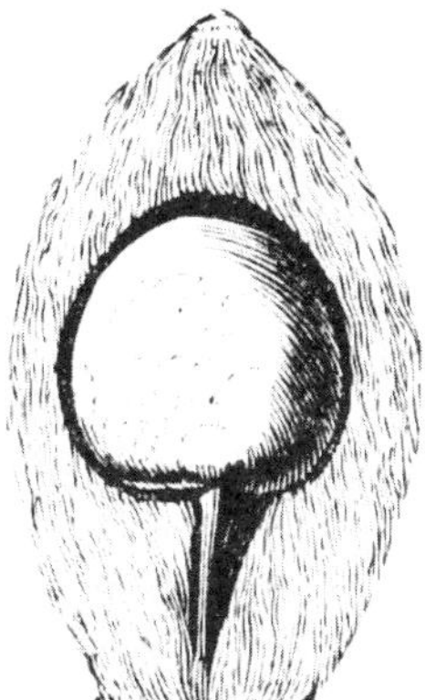